WEIHNACHTSLIEBE AUF BESTELLUNG

Impressum

1. Auflage, 2023

michelleschrenk@googlemail.com

Lektorat & Redaktion:
Marcel Weyers, www.marcel-weyers.de

Buchsatz:
Sabine Albrecht, www.benisa-werbung.de

Covergestaltung und Grafiken im Innenteil:
Michelle Schrenk, @canva, www.canva.com

Porträt Michelle Schrenk:
Nathalie Majewski, namama-fotografie.com

MICHELLE SCHRENK

Weihnachts Liebe auf Bestellung

canim-verlag

Über die Autorin

Hinter der Autorin Michelle Schrenk steckt eine 1983 geborene Wassermannfrau, die es liebt, zu träumen, und es hasst, Zwiebeln zu schneiden. Schon immer widmete sie sich dem Erfinden von Geschichten und begann bereits im Grundschulalter damit, sie aufzuschreiben. Mit ihren gefühlvollen Liebesromanen, dem Mutmachbuch »Die Suche nach dem verlorenen Stern« sowie drei Kinderbüchern hat sie sich nun ihren Traum vom Schreiben erfüllt.

Nahezu jeder ihrer Titel war in den Amazon Top 100 vertreten, ihr herzerwärmender Roman »Kein Himmel ohne Sterne« sogar zehn Monate lang ohne Unterbrechung. Ihr Roman »Irgendwo hinter den Wolken« war Finalist des Kindle Storyteller Awards 2019. Sie ist überzeugt, dass es viele Wege zum Glück gibt, und hofft, ihren Lesern mit ihren Büchern ein wenig davon zu schenken.

Mehr über Michelle und ihre Bücher gibt's im Internet auf michelleschrenk.de sowie auf Facebook und Instagram:
www.facebook.com/MichelleSchrenkAutorin
www.instagram.com/michelle_schrenk_autorin

Für alle,
die gerade ein bisschen Liebe brauchen.

KAPITEL 1

O du fröhliche

Hier soll also mein neues Leben beginnen und a
meine Wünsche wahr werden? So ein Unsinn. Z
sammen mit meinem kleinen Sohn Felix stehe ich a
Nürnberger Hauptbahnhof und sehe mich um. Nicl
als Menschen, die hektisch an mir vorbeihuschen.
die vorweihnachtliche Zeit ist ja so besinnlich. V
wegen! Weihnachten, die schönste Zeit des Jahres, d
Zeit in der Wünsche wahr werden, ob man will od
nicht. Aber die Realität ist doch oftmals ganz anders

»Mama, warum schubst der Weihnachtsmann d
einen Polizisten?«

Aus meinen Gedanken gerissen sehe ich mich un
»Was meinst du, Schatz?«, frage ich und Felix deut
nach vorne. Oh! Ein ziemlich betrunkener Weihnachts
mann, wie ich meine – es sei denn, er hat zufällig di
Nase von Rudolf dem Rentier geklaut –, wird gerad
von einem Polizisten festgehalten. Er wehrt sich mi
Händen und Füßen und wird schließlich gegen di
Wand gedrückt.

»Ähm, ich glaube, die üben nur für ein Weihnachtsstück«, sage ich. Na schön, nicht besonders kreativ meine Antwort, aber eine bessere ist mir gerade nicht eingefallen. Aber wie soll man einem Fünfjährigen erklären, dass der Weihnachtsmann, den er da gerade sieht, kein Weihnachtsmann ist und zudem anscheinend ein schwerwiegendes Alkoholproblem hat? Es ist Anfang November und die Weihnachtszeit rückt näher. Wohl der Grund, warum der Mann ein Kostüm trägt. Was die genaue Intention dahinter ist, werden wir wohl niemals erfahren. Ob er sich für den Weihnachtsmann hält? Keine Ahnung. Ob der Mantel einfach nur kuschelig warm ist? Wer weiß!

»Wohin müssen wir jetzt? Kommt Oma uns holen? Mama, ich habe Hunger …« Eigentlich war genau das der Plan, denke ich, während die Fragen meines Kindes durch meinen Kopf hallen.

»Ähm, Moment, Felix.« Ich blicke auf die Uhr. Ich hatte ihr mitgeteilt, wann wir ankommen würden, aber von ihr ist keine Spur zu sehen. Ich zücke mein Handy. Ah, zum Glück! Da ist eine Nachricht meiner Mutter drauf. Eine Sprachnachricht.

Lene, verdammt ist es hier voll! Ähm, kommt einfach aus dem Bahnhof raus, hier gibt's mal wieder keine verflixten Parkplätze. Ich stehe auf der Seite bei den Taxis. Ja?

Ich muss lächeln, als ich Mamas Stimme höre. Dann packe ich das Handy wieder weg und sehe Felix an, der noch immer den Weihnachtsmann beobachtet.

»Oma hat gerade ne Nachricht geschickt. Wir sollen aus dem Bahnhof raus. Dort wartet sie schon auf uns«, sage ich und halte Felix' Hand fest, um mit ihm

gemeinsam in Richtung Ausgang zu gehen. Wir sollten jetzt wirklich schnell hier weg – und so gehe ich eilig voran. Leider auch vorbei an dem Weihnachtsmann, dessen Personalien jetzt wohl aufgenommen werden, denn ich höre beim Vorbeigehen den Polizisten sagen: »Geben Sie uns jetzt Ihren Ausweis. Wir wissen, dass Sie nicht am Nordpol wohnen.« Woraufhin der Weihnachtsmann grinsend die Arme verschränkt. »Oh doch, tue ich. So was von«, entgegnet er und der Polizist seufzt. »Genau. Und Ihr Rentier steht draußen vor dem Bahnhof, oder was? Übertreiben Sie mal nicht. Also, Ausweis her …«

»Tschüss, Weihnachtsmann! Wird bestimmt ein tolles Stück«, ruft Felix jetzt auch noch in dessen Richtung. Nichts wie weg. Ich bin wirklich erleichtert, als wir vor der Tür stehen. Die Luft ist frisch, aber klar. Der Winter ist schon zu spüren. Überall sind bereits Lichter befestigt. Der Christkindlesmarkt wird in wenigen Tagen eröffnet. Ich spüre die Kälte an meinen Wangen. Zum Glück nicht so nieselig wie oft im November.

»Mama, ich hab so Hunger«, quengelt Felix erneut, als wir vor der Tür stehen und ich mich nach den Taxiständen umsehe. Stimmt, da war ja was.

»Mmmm«, murmele ich und bin noch in Gedanken, denn ich möchte ja meine Mutter finden, die irgendwo parkt. Also sehe ich mich um und finde glücklicherweise das auffällige, pinkfarbene Auto nur ein paar Meter von uns entfernt an der Seite stehen.

»Ach, da ist Oma! Die hat bestimmt etwas für dich. Oder Moment, warte mal kurz«, sage ich und greife nach dem Rucksack, den ich über den Schultern trage.

Hatte ich nicht noch Kekse? Ich suche, während meine Mutter wild herumfuchtelt, um auf sich aufmerksam zu machen.

Plötzlich rennt Felix los.

Verdammt, warum können Kinder eigentlich nie hören, denke ich und rufe gleichzeitig panisch: »Felix, stehen bleiben!«

Auch meine Mutter ruft ihm zu, als er auf die Straße rennt.

»Felix!« Ich renne ihm hinterher, aber es ist unmöglich, ihn zu erreichen. Schließlich greift ein Mann nach ihm und hält Felix fest.

»Mama!«, ruft Felix und mein Herz schlägt beinahe so schnell, dass ich denke, es würde mir aus der Brust springen.

Als ich bei ihm ankomme, zittere ich am ganzen Körper.

»Was machst du denn? Du sollst doch nicht einfach losrennen!«, rufe ich panisch und ziehe ihn an mich heran.

»Es tut mir leid. Ich wollte zu Oma.« Er weint und ich atme tief durch.

»Mach das bitte nie mehr! Hörst du?« Er nickt und ich drücke ihn noch einmal fest, ehe ich aufstehe und in die unglaublich blauen Augen eines Mannes blicke. Dem Retter von Felix. Seine Haare sind hellbraun, sehen beinahe zimtfarben aus. Der leichte Bartschatten ebenfalls.

»Danke, also fürs Aufhalten und …« Er nickt und mustert mich. So, als würde er mir Vorwürfe machen. Was sofort ein Unbehagen in mir auslöst, weil ich mich gerade sowieso schuldig fühle. Aber wer Kinder hat, der weiß, wie schnell sich diese kleinen Krümel auf und davon machen können. Und …

»Ich passe sonst immer genau auf, aber Kinder können total schnell sein. Wir hatten erst die lange Zugfahrt und er hat Hunger und dann hat er meine Mutter gesehen.« Ich suche sie mit meinem Blick. Gerade kommt sie auf uns zu.

»Felix, was machst du nur? Wolltest du zu Oma?«, fragt sie und sieht mich an.

»Ich nehme ihn schon mit rüber, vergiss deinen Rucksack nicht«, sagt sie und wirkt ebenfalls ganz betroffen. Sie nimmt Felix aber jetzt an der Hand und geht mit ihm zum Auto.

Der Mann steht noch immer da. »Also, falls Sie mich jetzt für eine Rabenmutter halten, ich … das bin ich nicht, und sicherlich hab ich mir alles auch anders vorgestellt. Ich bin ganz allein und heute fängt mein neues Leben an und … ach egal, was rede ich nur?«

Jetzt nickt er und lächelt leicht. »Alles gut, dann viel Spaß beim neuen Leben.«

Ich nicke. »Danke.« Wie peinlich ist das denn bitte, denke ich, doch dann wendet er sich schon ab und geht über die Straße. Er sah wirklich gut aus, aber so schnell der Gedanke aufgekommen ist, so schnell habe ich ihn auch schon wieder verworfen.

»Dein Rucksack, Lene!«, höre ich jetzt meine Mutter rufen. Meine Mutter, ja, sie ist zwar gewöhnungsbedürftig, aber sie ist eben, wie sie ist, und ich bin froh, sie zu haben. Ich schnappe mir meinen Rucksack und gehe zu ihr über die Straße.

»Hach, eine solche Aufregung! Aber jetzt seid ihr ja da«, ruft meine Mama und strahlt mich an. Ihre Haare hat sie eingedreht und trägt, wie ich es von ihr gewohnt bin, grellen pinkfarbenen Lippenstift auf den Lippen, die jetzt sicherlich einen Abdruck auf meiner Wange hinterlassen haben.

»Hallo Mama.«

Sie legt den Kopf schief. Mit diesem Blick, den ich von früher kenne, mit diesem Ich-habe-es-dir-gleich-gesagt-aber-du-wolltest-einfach-nicht-auf-mich-hören-Blick. Aber zum Glück spricht sie es nicht aus. Stattdessen geht sie in die Knie und sieht Felix an.

»Und du, Rabauke, nicht weglaufen, ja? Was mache ich denn sonst ohne den einzigen jungen Mann auf der Welt, der mein Herz höherschlagen lässt?«, sagt sie, dann sieht sie mich an. »Wobei der Kerl von eben schon ziemlich scharf war, oder, Lene?« Sie kneift Felix in die Backen und der kichert. Dann sieht sie mich an.

»Ähm, darüber habe ich mir jetzt keine Gedanken gemacht.« Okay, ein bisschen, aber nachdem er mich so vorwurfsvoll angesehen hat, hab ich den Gedanken weit weggeschoben.

»Was heißt scharf? So wie Senf?«, will Felix wissen.

Meine Mutter lacht.

»Ja, so wie Senf.« Ich schlucke.

»Na dann steigen wir mal ein. Willst du die Tasche in den Kofferraum werfen, Lene? Ich packe mal unser Schätzchen hinten fest.«

Ich linse auf die Rückbank. Sie hat tatsächlich an einen Kindersitz gedacht. Ich bin beeindruckt.

»Hab ich mir von der Gabi geliehen, weil ich weiß, dass du sonst wieder das Meckern anfängst. Außerdem soll unser Schatz auch wirklich sicher sein.«

»Mama, wohnt hier das Christkind?«, schießt es aus Felix heraus.

»Ähm, ja, zumindest ist es in der Weihnachtszeit ganz oft in Nürnberg.«

»Und mag der Weihnachtsmann das Christkind?«

»Ja, sicher.«

Er nickt. Meine Mutter lacht und beginnt ihn zu befestigen. Ich lächle. Wie süß. Dann öffne ich den Kofferraum und …

Erstarre. Meine Nerven. Was tun sie mir heute nur an?

»Was ist das denn?«, rufe ich, als ich mich wieder gesammelt habe, kann mir die Frage aber sparen, denn ich sehe genau, was das ist.

»Ach, genau, da liegt ja der Hase drin?« Ich mustere das tote Tier. Eine hübsche, weiße Pfote hat es. Oder *hatte* es.

»Hab ich vorhin auf der Straße liegen sehen und meinen Jäger angerufen, den Berthold, weißt noch? Egal. Auf alle Fälle meinte er, dass es super von mir wäre, wenn ich den Hasen aufsammle und ihm dann bringe. Dann muss er nicht hinfahren und von der Straße kratzen. Ging ganz schnell. War ja noch ganz frisch …«

Ja, nee, ist klar, denke ich mir und starre noch immer das arme tote Tier an.

»Oma, da ist echt ein Hase drin? Bekomme ich einen Hasen, Oma? Was meinst du mit von der Straße kratzen?«, ruft Felix jetzt ganz begeistert.

Mein Herz beginnt heftig zu klopfen, als er auch noch sagt: »Darf ich ihn sehen? Bitte? Ich bin auch ganz lieb. Ich laufe nie mehr weg.«

»Packst du jetzt die Tasche rein, Lene, damit wir loskönnen?«

»Ähm, ja, aber doch nicht auf ihn drauf.«

Ich mustere das braune Tier. Wie schrecklich. So hat er sich sein Leben sicher auch nicht vorgestellt. Tja, wir beide. Hmmm. Armes Ding. Denke ich und zucke zusammen, als ich meine Mutter erneut höre.

»Lene! Jetzt steh nicht wie angewurzelt da. Die Tasche stört ihn sicher nicht mehr. Los jetzt, wir sind hier im Halteverbot.«

Ja, aber mich stört es vielleicht, meine Tasche auf ein totes Tier zu legen?

Aber schön, ich stopfe die Tasche an den Rand und schlage die Tür des Kofferraums zu.

»Oma, darf ich jetzt den Hasen sehen? Bitte, bitte«, hakt Felix erneut nach.

»Nein, Schatz, der Hase ist leider vorhin, also so was passiert, wenn man über die Straße rennt und …«

Was tut sie da?

»Nein, alles gut. Er schläft, Felix …«, rufe ich jetzt dazwischen, ehe meine Mutter weiterreden kann, und werfe ihr einen vorwurfsvollen Blick zu.

»Ach du wieder, Lene. Kinder vertragen mehr, als du denkst. Der Tod gehört zum Leben dazu! Und man muss den Kindern vor Augen halten, welche Konsequenzen warten können und …«

»Ist der Hase tot?«, ruft jetzt Felix und seine Stimme klingt weinerlich. Ich schüttle eilig den Kopf. Kann meine Mutter das mal lassen? Mit ihren Erklärungen über die Welt hat sie mir regelmäßig meine Kindheit versaut. Bei Felix werde ich das sicherlich nicht zulassen. Felix mag Hasen nämlich und hält jedes dieser Tiere für Gesandte des Osterhasen. Der Grund dafür könnte sein, weil ich es ihm so erzählt habe, okay, aber deswegen wäre es ja noch schlimmer, wenn er jetzt erfahren würde, dass der Hase im Kofferraum tot ist.

Der Osterhase tot, der Weihnachtsmann besoffen. Da sag ich nur »o du fröhliche« - muss ja nicht sein.

Meine Mama sitzt bereits am Steuer und ich setze mich auf den Beifahrersitz.

»Nein er ist nicht tot. Es geht ihm gut. Er schläft nur kurz, denn das ist ein Weihnachtshase und die schlafen gern, weil sie dem Weihnachtsmann so viel helfen.«

»Ehrlich?«

»Ähm, ja, und da darf ihn auch niemand stören.«

»Schade!«

»Na, dann wollen wir mal. Auf in euer neues Leben - und das auch noch in der beginnenden Weihnachtszeit. Da passieren ganz viele Wunder, ich sag's euch. Da werden Wünsche wahr. Ab jetzt funkeln die Sterne der Wunschnächte«, sagt sie lächelnd, zündet den Motor und lenkt das Auto auf die Straße. Oh Mann. Wünsche werden also wahr. Ich weiß ja nicht. Ich will auch nicht so pessimistisch sein, aber seit ich klein war, wurde mir erzählt, dass Wünsche in dieser Zeit wahr werden. Dass der Stern der Weihnacht über uns wacht. Aber ich wurde wohl immer vergessen oder der Stern hat nichts für mich übrig.

»Wirklich, Oma?«, fragt Felix jetzt.

»Ja, natürlich!«, sagt meine Mutter, lacht und zieht auf die andere Fahrspur. Wohl etwas abrupt, denn jemand hupt. Ein Wunder, dass er uns nicht reingefahren ist. Ich halte mich am Türgriff fest. Aber meine Mutter sieht das sichtlich ganz anderes, denn als der Kerl, mit dem sie beinahe kollidiert ist, neben uns fährt, kurbelt sie das Fenster herunter. Verdammt, das ist der Kerl, der Felix gerettet hat!

»Musste das sein? Schon mal was von Blinken gehört? Das war echt knapp«, ruft er und ich hoffe, er erkennt mich nicht.

Aber zu spät.

»Ach, Sie schon wieder!« Ich will gerade lächeln, mich entschuldigen, für meine Mama, was auch immer.

Aber da schießt es schon aus ihr heraus, denn sie hat ihn wohl nicht erkannt: »Knapp? Sie spinnen doch!« Sie sieht mich an. »Nur Deppen auf der Straße unterwegs, ich sag's dir. Also nichts wie weg.«

Ehe der Kerl noch was sagen kann, hat sie bereits das Fenster wieder nach oben gleiten lassen.

»Mama, der Kerl hat Felix gerettet!«

Sie hebt eine Augenbraue. »Ach, der war das. Na ja.« Sie zuckt mit den Schultern.

Der Mann hupt erneut, winkt dann aber ab.

»Ach, halt doch deine Klappe!«, ruft sie und lacht. Dabei hält sie das Lenkrad fest umschlossen. Es ist ebenfalls pink, mit Plüsch umhüllt. Echt jetzt? Wann war das noch mal in Mode? In den Siebzigern?

»Scheißkerle, alles Scheißkerle!« Ich sehe meine Mutter an. Was ist nur los mit ihr?

»Muss das vor Felix sein! Außerdem war der Kerl nett. Er …«

»Was ist ein Scheißkerl?«, unterbricht Felix meinen Satz.

»Das sind Männer, die sich scheiße benehmen, so wie …«

»Mama!«, rufe ich, weil ich genau weiß, was sie sagen wollte. *Wie dein Vater.* Aber dann stoppt sie rechtzeitig.

»So wie dieser Autofahrer«, erklärt sie jetzt. »Einfach Scheiße!«

»Scheiße sagt man nicht«, sage ich zu ihr. »Das ist ein Kellerwort. Hörst du, Felix? Kellerwort. Und wir sagen keine Kellerwörter. Wir machen das nicht.«

»Was ist ein Kellerwort?« Jetzt lacht meine Mama. »Noch nie gehört. Kann ja nur von dir kommen, Lene …«

»Das sind Wörter, die in den Keller gehören, dort wo es dunkel ist, weil sie nicht lieb sind.«

Sie nickt. »Na gut, wenn du meinst! Felix, also Scheiße ist ein Kellerwort, nicht sagen! Also dann mal los. Ich kann es gar nicht erwarten, euch euer Häuschen zu zeigen.«

»Scheiße, Scheiße!«, ruft Felix jetzt kichernd. Na toll.

Nun, das ist also der Start in mein neues Leben. Mit meiner welterklärenden, leicht passiv-aggressiven Mutter, einem toten Hasen und einem lachenden Kind, das nun mit Kellerwörtern um sich schmeißt. Kann es noch schlimmer werden? Ach ja, ich könnte auch der Hase sein.

Der Osterhase tot,
der Weihnachtsmann besoffen.
Da sag ich nur »o du fröhliche«.

KAPITEL 2

Winterberg und - Schwupps

Wenn ich so darüber nachdenke, wie ich jetzt kurz vor der beginnenden Weihnachtszeit an diesen Punkt in meinem Leben gekommen bin, fühlt es sich ziemlich merkwürdig an.

Eine Zeit, in der Wunder geschehen, meinte meine Mutter doch eben. Aber ich weiß nicht, ob tatsächlich ein Wunder auf mich wartet. Oder ob ich am Ende wie der Hase ende. Wunder? Wünsche? Kann man überhaupt dran glauben? Und warum gehen sie ausgerechnet in der Weihnachtszeit in Erfüllung? Pffff.

Eigentlich habe ich mir immer gewünscht, glücklich zu sein, die Liebe zu finden und wenn ich an Jörg denke, schien es anfangs so. Jörg, meinen Ex-Freund. Ein Wunder, dass sich dieser Kerl für mich interessierte. Dachte ich.

Ich habe ihn vor sechs Jahren kennengelernt. Er war gebildet und aufmerksam und ein ziemlich hohes Tier im Vertrieb der Gusto AG. Einem Fachhandel für Bäckerei- und Konditorei-Fachbedarf. Von Gläsern, Tüten - oder sagen wir es so: alles für die Vorbereitung, Herstellung und Lagerung. So hatte er sich damals vorgestellt und meiner Chefin die entsprechenden Produkte gezeigt.

Die Ausbildung zur Konditorin hatte ich nach der Schule angefangen, war dann nach München gezogen, um dort in seiner Firma zu arbeiten. Backen war nämlich tatsächlich immer eine Leidenschaft von mir gewesen. Und als sich die Gelegenheit ergeben hat, habe ich sie genutzt. Die Herstellung von Gebäck, Creme- und Sahneschnitten sowie diversen regionalen und saisonalen Köstlichkeiten standen auf dem Programm. Elisenlebkuchen, Teegebäck, Plätzchen, Torten, Dekore und so weiter. Backen, Aprikotieren und Glasieren von Plunder- und Blätterteiggebäck. Füllen und Veredeln von feinen Backwaren und Laugengebäck. Dies zu lernen - das war immer ein Traum. Na gut, ich verliere mich gerade. Jedenfalls an einem Abend, auf einem Betriebsausflug, um es genau zu sagen, bin ich Jörg dann nähergekommen.

Er ist fünf Jahre älter als ich gewesen. Ich war gerade mal mit der Ausbildung fertig, und ich war dankbar, bei ihm Halt zu finden. Immerhin bin ich aus der Kleinstadt Winterberg nach München gegangen, was ja schon gegen das unmittelbare Nürnberg eine Großstadt ist. Mich dort einzuleben, ist mir zwar gelungen, aber dennoch war es immer anders. Ich bin nicht die Art von Mädchen, die immer auf Partys unterwegs ist. Auch wenn ich es, wenn ich mal weg war, durchaus krachen lassen konnte. Eine Zeit lang habe ich meine dunklen Haare lang getragen. Meine Figur ist kurvig, würde ich sagen - was auch am Naschen liegt, ich gebe es zu - und mein Gesicht, wie es meine gute Freundin Franzi von früher immer gesagt hat, auffällig, da meine blauen Augen zu den dunkeln Haaren einen deutlich auffälligen Kontrast bilden. Die dunkeln Haare habe ich von meiner Mutter, die Augen von meinem Vater - oder zumindest demjenigen, der laut meiner Mutter mein Vater ist. Ein Heinz, mit dem sie eine süße Nacht verbracht hat. So war meine Mama eben schon immer. Sich so wirklich auf Männer festzulegen, war nie ihr Ding. In dem Ort Winterberg, in dem ich aufgewachsen bin, ist sie auffällig und mit ihrem pinkfarbenen Auto und ihrem frechen Mundwerk bekannt. Eigentlich sollte sie in Berlin leben. Aber Mama hat sich meinetwegen damals für Winterberg entschieden und wegen ihrer Freundin Gabi, mit der sie dort mittlerweile eine kleine Praxis hat.

Weil ich oft auf mich allein gestellt war, habe ich früher oft für uns gekocht oder gebacken. Und deswegen war es nicht schwierig für mich, mich auch um Jörg und meinen kleinen Felix zu kümmern. Die Ausbildung hatte ich ja wenigstens abgeschlossen. Wobei ich aktiv ja auch nur zwei Jahre nach der Lehre dort gearbeitet habe. Ich war gut, zumindest hat man mir das gesagt. Doch dann bin ich auch schon von Jörg schwanger geworden. Und alles hat sich geändert. Felix war von heute auf morgen mein ein und alles und im Prinzip fehlte es mir auch an nichts. Mit ihm kuschelte ich im Bett, wenn Jörg wieder lange unterwegs war und dass unser Sexleben nicht mehr das Beste war, machte mir – um ehrlich zu sein – auch gar nichts aus. Weil Schlaf eine höhere Priorität hatte. Oder weil ich die freie Zeit zum Backen nutzen konnte. Hobbymäßig. Ja, die erste Zeit mit Jörg war durchaus leidenschaftlich gewesen, soweit ich das beurteilen kann, aber ich hatte ja jetzt auch nicht wirklich einen besonderen Vergleich. Im eigentlichen Sinne hatte ich vor Jörg gerade mal zwei andere Männer gehabt.

Ich hätte wahrscheinlich sogar eine Affäre von Jörg toleriert, damit alles so bleibt, wie es war. Allerdings hatte er mir vor einigen Wochen eröffnet, dass er sich verliebt hat. In Heike, die Boutique- und Wäschereibesitzerin, bei der er immer gern seine Hemden einkaufte und die ich auch schon das ein oder andere Mal gesehen hatte. Meistens wenn ich mit Felix einen Spaziergang zu ihr machte, um Bestellungen abzuholen. Ja, ein klein wenig demütigend war das im Nachhinein betrachtend schon.

Aber so ganz überraschend war es doch nicht. Manchmal, wenn ich so drüber nachdenke, hatte ich immer ein komisches Gefühl bei Heike. Sie war einfach viel zu nett zu mir gewesen. Warum wusste ich ja dann, als es mir Jörg eröffnet hatte.

In diesem Moment war alles wie in einem merkwürdigen Film, in dem ich irgendwie feststeckte.

Zumal er alles schon geplant hatte. Da er mir nicht so viel mit Felix helfen konnte, sollte ich doch in unmittelbarer Nähe eine Wohnung beziehen, damit er Felix besuchen konnte, wann immer er wollte. Heike würde bei ihm einziehen. Natürlich würde er mich unterstützen. Felix unterstützen, hatte er sich korrigiert. Denn ich sei ja jetzt durchaus fähig, auch etwas aus meinem Leben zu machen, was er mir und auch im Interesse für Felix aus tiefstem Herzen wünschte. Vielen Dank auch.

Nachdem ich ihm ja doch den Rücken freigehalten hatte, wäre er aber bereit, mich für die Zeit mit einem Betrag, den er festgelegt hatte, abzufinden. Ach, er ist ja so großzügig.

Ja, ganz der Chef war er und ich wusste erst mal nicht, was ich jetzt tun sollte. In diesem Moment hatte sich ja mein bisheriges Leben mit einem kleinen Knall in Luft aufgelöst.

Als ich meiner Mama davon erzählte hatte, war sie ausgerastet. Das Wort »Scheißkerl« war noch untertrieben und für sie war eines klar: Ich sollte zurück nach Winterberg kommen. Mein Leben wieder in die Hand nehmen. Die Möglichkeiten nutzen und mich neu sortieren.

»Hier kann ich dir helfen, wenn was ist. Der kann vergessen, dass du jederzeit auf Abruf bereitstehst, wenn er seinen Sohn sehen will. Was er natürlich kann. Aber hier bist du aufgewachsen. Die Susanne, die immer bei uns in der Praxis ist, leitet den Kindergarten. Bestimmt kann Felix da unterkommen. Ich rede Mal mit ihr. Und das Haus neben mir, in dem die Frau Friedl gelebt hat, ist nach ihrem Tod zu vermieten. Ich kläre das mal ab, wenn du willst?«, hat sie gesagt und ich war ehrlich gesagt schlichtweg überfordert.

Wirklich wieder nach Winterberg ziehen?

Jeder hatte einen Plan, wie mein Leben weiter verlaufen sollte - nur ich war planlos wie nie zuvor.

Doch in einer Sache hatte meine Mutter recht: In Winterberg war ich aufgewachsen, hier war ich zu Hause und in München hatte ich mich nie wirklich angekommen gefühlt. Und außerdem hatte ich auch keine Lust, Felix immer zu Heike zu bringen, die sich jetzt in das Nest setzen würde, das ich so schön heimelig und im Landhausstil eingerichtet hatte. Ich würde also meine Sachen packen und zurück nach Winterberg gehen.

Jörg war nicht so begeistert, drohte mir erst mal, mir das alles zu verbieten. Aber als ich ihm gesagt habe, dass er sowieso die ganze Zeit arbeitete und nicht erwarten konnte, mich jetzt hier festzuhalten, war er dann doch bereit und stimmte dem Umzug zu. Zudem wir ja nicht mal verheiratet waren. Wobei er aber mit mir das Sorgerecht hatte. Ach, kompliziert.

Ich hatte ihm aber auch versprochen, er würde Felix immer sehen dürfen, was auch für mich im Interesse war. Denn Felix sollte natürlich auch weiter seinen Vater haben. Und da war ich jetzt also.

Wie war das noch, wenn sich eine Tür schließt, öffnet sich eine neue. Mehr als mich an dem Gedanken festzuhalten, konnte ich ja gerade nicht und an meinem Gurt, weil Mama mal wieder fuhr wie eine Wilde.

»Jetzt schau doch nicht so frustriert, ist ja schrecklich. Alles ist super, jetzt geht dein Leben weiter!« Und wieder war da dieser Blick: *Ich habe es dir ja gleich gesagt.* Ja, dass meine Mama nie viel von Jörg gehalten hat, damit hat sie nie hinterm Berg gehalten. Aber Männer sind ja allgemein nicht das Geschlecht, das sie bevorzugt.

Außer Felix, aber das ist ja was anderes. Den liebt sie wirklich abgöttisch.

»Mama, irgendwie riecht es hier komisch. Was ist das?«, höre ich Felix fragen und sehe mich zu ihm um. Seine dunklen Kulleraugen erwärmen sofort mein Herz.

»Das ist der Hase«, antwortet meine Mama plötzlich und ich räuspere mich.

»Der hat sicherlich gepupst«, füge ich rasch hinzu. Felix lacht.

Das Wort »Pups« zieht bei Kindern immer. Einfach »Pups«, sagen und man hat die Lacher auf seiner Seite.

»Ach so«, sagt er jetzt kichernd und ich bin froh, dass das Thema erledigt ist.

»Nachdem dein Vollidiot von Ex ja meinte, du musst dir alles selbst besorgen, haben wir jetzt mal die Möbel im Haus von der Friedl drin gelassen. Also das neue Bett ist drin. Und geputzt ist auch alles. Wird dir bestimmt gefallen. Und Felix' Zimmer steht.« Mama lächelt. Tatsächlich meinte Jörg, dass ja alles ihm gehöre, was ich einfach unglaublich unfair fand. Aber ich habe auch meinen Stolz. Nur auf die Sachen von Felix habe ich bestanden und schließlich anliefern lassen.

»Danke. Ist echt lieb von euch. Und ich fühle mich echt ein bisschen bescheuert, weil ich aktuell alles nur über Bilder kenne, aber ich erinnere mich natürlich an das Haus von Frau Friedl. Echt schade. Also die Sache mit ihrem Tod.«

Sie winkt ab. »Ach, mach dir keinen Kopf. Du hattest ja genug zu klären und Schritt für Schritt kann man ja alles andere machen. Und zum Glück gibt es ja das ganze Onlinezeug. Macht es schon einfacher. Und mit Frau Friedl ist echt schade, ja, sie war sehr freundlich. Einfach eingeschlafen im Heim. Na ja.«

Sie lenkt schließlich das Auto auf die Ausfahrtsspur. Nicht mehr lange, dann sind wir da. Ich lese »Barockes Winterberg« auf dem Schild und lächle. Ehrlich gesagt konnte ich das nie verstehen. Barock war in diesem Örtchen ja wohl nichts, außer ein altes Haus, an dem seit Jahren herumgewerkelt wird. Und das allerhand an Geld verschlingt. So zumindest die Worte meiner Mutter.

Natürlich war ich immer wieder zu Besuch gewesen, aber es ist dennoch ein Unterschied, dieses Gefühl zu haben, jetzt tatsächlich wieder hier zu leben. Beinahe dörflich.

»Wann wurde Friedl eigentlich beerdigt?«, will ich wissen. Eigentlich schade, dass ich nicht da war.

»Das ging alles so schnell. Sie war ja schon eine Zeit im Heim. Das mit dem Haus war dann ein Zufall. Ich habe das mitbekommen und dem Verwalter schien das recht zu sein. Er meinte irgendwas, das … egal.«

Okay, was meint sie damit, denke ich noch, bin dann aber abgelenkt, da wir in den Ort einfahren. Es geht durch den Torbogen vorbei an dem mir bekannten, kleinen Weiher. Früher habe ich immer Enten gefüttert, auch wenn es eigentlich verboten ist. Aber dennoch konnte ich es nicht lassen. Auch nicht mit Felix, wenn wir zu Besuch waren.

Am Marktplatz sehe ich mich um. Alles ist bereits geschmückt wie jedes Jahr in der vorweihnachtlichen Zeit. Von der einen zur anderen Seite – über die

Straße - sind viele Lichterketten gespannt. Ich mag das und lächle. In meinen Gedanken machen sich Bilder und Erinnerungen breit, die mich zurückführen. Wie leuchtend hell die Lichter immer in der Abenddämmerung und bei Nacht waren. Mein Blick gleitet weiter. Die Post gibt es auch immer noch, aber der Laden daneben steht leer. Wir fahren schließlich in eine Seitenstraße und meine Mama stoppt den Wagen.

»Sind wir da? Sind wir da?«, ruft Felix aufgeregt.

Ich mustere das Haus. »Ja, wir sind da und du wohnst gleich gegenüber von Oma. Ist das nicht toll?«

Felix lacht.

»Und dem Hasen? Oder? Darf ich den Hasen bitte, bitte haben?«

Warum kam er immer wieder auf den Hasen zurück?

»Ach, den lassen wir noch schlafen. Wir schauen uns jetzt erst mal das Haus an! Da hatten wir echt ein Glück.«

»Was ist denn mit dem Haus?«, will ich wissen.

»Ach …«, beginnt sie, doch Felix unterbricht sie.

»Oma, kriegt er denn genug Luft? Der Hase.«

Meine Mutter winkt ab. »Natürlich, richtig viel Luft. Ähm, so viel, wie er pupst.« Felix lacht und nickt dann.

Mein Blick schweift nun auch zu dem Haus. Schon merkwürdig. Natürlich kenne ich auch das Haus von Frau Friedl. Wir sind ja früher als Kinder ab und an dort gewesen. Aber dennoch wirkt es jetzt anderes. Es ist ziemlich eingewachsen, so meine Erinnerung, als ich das letzte Mal bei Mama gewesen bin. Frau Friedl war früher die Frau im Ort, die oftmals gern gebacken hat. Es gab sehr oft Kaffeekränzchen, zu denen dann viele Frauen kamen. Auch ich habe das ein oder andere Mal Zimttörtchen oder ihre berühmten Winterberger Küchle, Lebkuchen und auch diese besonderen Plätzchen bei ihr gegessen, die sie zur Weihnachtszeit regelmäßig gemacht hat.

»Also los, mein Schatz, dann schauen wir uns mal um. Ich bin ganz gespannt! Und du?«

Ablenkung war genau das Richtige. Wobei sie mir noch immer nicht gesagt hat, was mit dem Haus ist.

Felix schnallt sich ab und ich steige aus und atme die Luft ein. Bekannt, vertraut und doch anderes.

Glücklicherweise ist meine Mutter so klug gewesen, meine Tasche bereits aus dem Kofferraum zu holen, während ich noch meinen Gedanken nachgehangen bin. Als ich die Tasche ansehe, muss ich dennoch schlucken.

Bei dem Gedanken, dass sie die ganze Zeit neben dem armen, toten Hasen gelegen hat, wird mir ganz anders.

Aber gut.

Sie deutet auf ein Auto und ich sehe sie fragend an.

»Das gehört Gabi, aber du kannst es erst mal haben. Ein kleiner Corsa. Passt, oder?«

Ich nicke.

»Danke. Das ist echt lieb.«

Sie nickt. »Kein Problem, du sollst ja mit dem Kleinen auch mobil sein. Der Schlüssel hängt am Schlüsselbund«, sagt sie und lächelt mich an.

»Na, dann kommt mal mit«, sagt meine Mama und wedelt mit dem Schlüssel in der Hand herum.

»Du musst aufsperren, Liebes, weil es jetzt euer Zuhause ist.«

Felix klatscht und ich folge Mama dem kleinen Weg zum Haus. Es ist gelb, der Putz etwas abgeblättert, aber doch noch so, wie ich es kenne. Die Tür aus dunklem Holz sticht deutlich hervor und der Garten ist verwildert, aber irgendwie ist genau das auch sehr schön.

Sie reicht mir den Schlüssel, ich stecke ihn ins Schloss, drehe ihn herum und öffne die Tür.

Eine Wolke aus Gewürzen und anderem Gemisch an Düften dringt in meine Nase. Irgendwie weihnachtlich. Ich lächle.

»Gabi hat ein paar Duftlampen angesteckt. Was meinst du? Riecht doch gut, oder?«

Ich nicke. Dann gehe ich weiter. Vorsichtig trete ich ein. Ich erinnere mich an den Flur, den knarzenden Holzboden.

»Da geradeaus ist die Küche. Oben geht's zu den Schlafzimmern und hier geht's zum Wohnzimmer. Erinnerst du dich noch?«

Meine Mama schiebt sich an mir vorbei und ich folge ihr. Okay, ein Sofa in Hellgrün, ein Teppich in Gelb. Alles bunt gemischt.

»Hier geht's raus zum Garten«, sagt sie und ich nicke.

Ja, es ist schön und sicherlich wird es auch mit der Zeit werden.

Die Küche ist beinahe so, wie ich sie in Erinnerung habe. Der alte Ofen, der damals schon hier war, bringt mich zum Lächeln.

»Hier wohnen wir jetzt, Mama?«, will Felix wissen und sieht sich um.

»Ja, hier wohnen wir jetzt«, sage ich und sehe ihn an.

»Oben ist dein Zimmer. Wollen wir nachschauen?«

Felix nickt und schließlich gehen wir die knarzende Treppe nach oben.

Ich muss lächeln, wie schön meine Mama sich hier ausgetobt hat, und Felix' Zimmer ist echt sehr wohnlich geworden. Ein Spielteppich, ein paar Dinge, die er eingepackt hatte und die schon verschickt worden sind. Und auch mein Schlafzimmer und das Bett darin sind sehr hübsch.

»So, jetzt kümmere ich mich mal um noch ein paar Dinge, dann komme ich wieder. Hab noch was zu essen in die Küche gestellt. Ein Auflauf«, sagt Mama und ich nicke.

Ihre Aufläufe waren meistens nicht so der Renner gewesen. Wie erwähnt habe ich mich ja meistens um das Essen für uns gekümmert. Umso erleichterter bin ich, als sie anfügt: »Gabi hat ihn gemacht. Süßkartoffeln mit Kichererbsen.«

Felix sieht mich an. »Kichererbsen?«

Meine Mutter nickt. »Ja, die machen lustig. Solltest du unbedingt probieren«, sagt sie und verlässt dann das Haus aber nicht, ohne ihn noch mal zu drücken. Mit Sicherheit, um den Hasen wegzubringen, zumindest hoffe ich, dass sie das gemeint hat.

»Na, was sagst du?«, frage ich und sehe Felix an.

»Schön«, sagt er und dann drücke ich ihn ganz fest.

Wir essen schließlich und Felix schmeckt es sogar. Dann sitzen wir noch eine Weile da. Einige Kartons stehen noch herum.

»Was ist da drin, Mama?«

Ich öffne den Karton und lächle.

»Das ist Weihnachtsschmuck. Hat Oma sicherlich für uns hergebracht.« Felix' Augen werden sofort ganz groß.

»Wollen wir das Haus schmücken, Mama?«

Ich lache.

»Ja, heute nicht, aber das machen wir ganz bald.«

Er nickt und wirkt doch etwas enttäuscht.

»Wir können ja alles erst mal ansehen, hm?«

Jetzt sieht er gleich wieder fröhlicher aus und wir sitzen schließlich da und betrachten die einzelnen Kugeln und die Lichter. Auch ein Block ist darin, Zettel und einiges zum Verzieren. Alte Aufkleber und diese Bilder, die man früher oft in Poesiealben geklebt hat.

»Mama, schau mal, wollen wir einen Wunschzettel schreiben an den Weihnachtsmann? Oder an das Christkind? Oder den Wunschstern?«

Ich lache.

»Jetzt schon?«

Er legt den Kopf schief.

»Das kann man nicht früh genug machen, oder? Der hat doch so viel zu erledigen.«

Da hat er auch wieder recht.

»Also schön, dann schreiben wir mal einen Wunschzettel und ich bringe ihn morgen zur Post«, sage ich, auch wenn ich keine Ahnung habe, was ich mir wünschen soll.

Felix hingegen ist sofort in seinem Element; er zeichnet und malt und zeigt mir dann stolz seine Wünsche.

»Ein Schlitten? Das wäre so toll!«

»Ja, so einen richtig schönen aus Holz, den ich anmalen kann und ...« Er sieht mich an. »Den anderen darfst du nicht lesen.«

»Nicht?«

»Nein, ist ein Geheimnis.«

Er malt und kritzelt weiter, faltet dann die Zettel zusammen und reicht sie mir.

»Also schön, dann packen wir mal alles ein.« Felix sieht mich an.

»Und du?«

Stimmt ja. Und ich? Ich habe das Papier noch immer vor mir liegen. Ich winke ab.

»Ich muss mir noch was überlegen.«

Er nickt. »Aber warte nicht so lange, Mama. Wenn jetzt wirklich die Zeit der Wunder ist, dann solltest du dir unbedingt was wünschen.«

Zeit der Wunder? Meine Mama und ihre Geschichten. Und mal ehrlich gesagt, ich glaube nicht an Wunder. Nicht so wirklich zumindest. Und was ist überhaupt ein Wunder? Aber natürlich will ich Felix nicht seine Illusion nehmen.

Hach ja, als Kind ist das ja noch so eine Sache. Manchmal denke ich daran, wie unbedarft auch ich damals war. Als ich mit Mama Wunschzettel geschrieben habe. Auch ich habe da mal daran geglaubt.

Nun, spätestens wenn man älter wird, ist alles anders. Als wir fertig sind, gehen wir ins Bett.

Und weil alles auch aufregend war, schläft Felix tatsächlich schnell in meinem Bett ein. Ich lasse die Tür auf, als ich das Schlafzimmer verlasse.

Das ist jetzt also mein neues Leben, denke ich, als ich im Wohnzimmer stehe. Die Kiste mit dem Weihnachtszeug liegt noch offen da. Die Wunschzettel auf dem Tisch. Neugierig bin ich ja schon, was Felix auf den Zettel geschrieben hat, aber natürlich sehe ich nicht nach. Oh Mann. Wie wird das alles werden? Meine Gedanken kreisen.

Zumindest so lange, bis ich zusammenzucke, weil meine Mutter plötzlich wie aus dem Nichts an der Tür zum Garten steht.

Himmel! Mein Herz hat sich fast überschlagen.

Ich öffne ihr und lasse sie rein.

»Hab ich dich erschreckt? Entschuldige.« Sie hält eine Flasche Wein hoch. »Ich habe noch Brot und Salz für dich«, sagt sie. »Bringt doch Glück. Kennst den Brauch doch.«

Wie süß, denke ich, und nicke.

»Ich dachte, wir trinken jetzt mal auf diesen Tag«, sagt sie und wir setzen uns schließlich an den Tisch im Wohnzimmer.

Ich hole zwei Gläser und so stoßen wir an.

»Auf das neue Zuhause. Und darauf, dass der Spuk ein Ende hat«, sagt sie und unsere Gläser klirren aneinander.

»Der Spuk?«

»Ja, mit Jörg und allem und dass du mal wieder zu dir findest.«

»Ja, mal sehen«, sage ich und sehe sie dennoch skeptisch an.

»Wegen des Hauses … du wolltest vorhin was dazu sagen? Warum haben wir es so günstig bekommen?«

»Na ja, apropos Spuk, angeblich soll es hier spuken, aber an so was glaube ich nicht. Wer glaubt an so was? Aber da war wohl eine Familie, die es mieten wollte, und na ja ... die waren schnell wieder weg, was gut war, denn so haben wir es bekommen.«

Okay, soll mich das jetzt beruhigen? Und da glaubt sie an Wunder, aber nicht an Geister?

»Ich weiß jetzt nicht, wie ich das finden soll.« Meine Mama sieht mich an.

»Na großartig, als ob Friedl wollte, dass du es bekommst, hm?«

»Ja, na gut ...«

»Gefällt es dir denn nicht?«

»Doch und ich bin echt dankbar, dass alle geholfen haben, aber trotzdem muss ich mich erst noch einfinden ...«

»Ja, aber das wird mit der Zeit, wenn du weißt, was du machen willst. Du musst jetzt auch erst mal richtig ankommen. Morgen kaufst du erst mal ein und schaust dir den Kindergarten an, wobei du ihn ja kennst, aber die haben sich natürlich auch gemacht.«

»Und? Hast du den Hasen weggeschafft?«

Sie lacht. »Ja, er schläft jetzt für immer unter der Erde.«

Ich schlucke. Armes Tier. Aber wenigstens hat er jetzt einen letzten Ruheplatz.

Mein Blick schweift zu den Wunschzetteln.

»Alles gut?«, will meine Mutter wissen.

»Na ja, ich habe gerade viele Gedanken«, gebe ich ehrlich zu. »Ein paar Monate reicht es schon. Die Abfindung, die ich von Jörg habe, deckt bis dahin alles.

Aber was mache ich jetzt? Ich kann doch gar nichts«, bricht es mit einem Mal aus mir heraus.

Meine Mama sieht mich an.

»Ach, so ein Unsinn. Und ob du was kannst! Backen kannst du, mit Menschen umgehen kannst du, da gibt es so vieles. Du wirst sehen, alles wird gut.«

Ich seufze. »Meinst du? Am Ende kann ich Felix nicht mal ein schönes Weihnachten bereiten und keine Ahnung … Er hat Wünsche und ich erfülle sie ihm nicht.«

Ich deute auf den Brief.

»Wir haben vorhin Wunschzettel geschrieben.«

Sie lächelt. »Das ist doch toll! Wie gesagt, der Stern der Weihnacht ist jetzt sehr aktiv. Was hast du dir gewünscht?«

Ich seufze. »Ach Mama, das hast du immer gesagt, aber mal ehrlich, das ist doch alles Quatsch. Und ehrlich gesagt nichts, ich weiß nichts. Und Wünsche gehen doch eh nicht in Erfüllung«, sie nimmt meine Hand. »Unsinn. Natürlich gehen Wünsche in Erfüllung. Ich habe mir die ganze Zeit gewünscht, dass du wieder nach Winterberg kommst und – Schwupps! – bist du da.« Sie zwinkert mir zu.

»Ach Mama«, sage ich und muss dennoch lächeln.

»Lene, damit Wünsche wahr werden, muss man sich auch was wünschen. Du wirst sehen, mit jedem Tag wird auch dir mehr und mehr klar werden, was du willst. Und was du dir wünschst. Alles braucht eben seine Zeit.«

»Ja, Zeit, kann schon sein. Mal sehen«, sage ich und sie lächelt.

»Du legst dich jetzt ins Bett und träumst was Schönes. Was man übrigens in der ersten Nacht in einem neuen Haus träumt, geht in Erfüllung.« Wieder eine ihrer Geschichten.

»Ja, mal sehen, dann hoffe ich mal nicht, dass ich einen Albtraum habe von irgendwelchen spukenden Geschöpfen.«

Sie lacht. »Bestimmt nicht! Ich denke, du träumst was Wunderbares.«

Als sie weg ist, gehe ich ins Bad, wasche mich und lege mich schließlich zu Felix, der bereits tief und fest schnarcht. Ob er schöne Träume hat? Ob ich was Schönes träumen werde?

Eine Weile liege ich noch wach da, dann fallen mir die Augen schließlich zu.

Du nimmst einfach:

- eine Prise Sternenstaub (glitzernder Zucker)
- einen Hauch von Himmelslicht (Vanillezucker)
- eine Brise Winterwind (Zimt)
- ein Funke Sternenmagie (Zitronenschale)

Die Stimme kommt mir bekannt vor.

»Diese Plätzchen sind etwas ganz Besonderes und sie haben eine Magie in sich. Du musst dir eines merken: Essen hat etwas mit Wünschen zu tun, mit Sehnsüchten, die im Herzen schlummern. Wer das erkennt, kommt auf den richtigen Weg.«

»Was ist mein Weg?«, frage ich die unbekannte Stimme.

»Im Herzen weiß man, was man sich wünscht. Schreib es auf. Dann finden sie dich zur richtigen Zeit.«

Dann sehe ich Plätzchen in Sternform, atme den Duft von Zimt und Vanille ein … Backe, backe, backe, backe …

*Damit Wünsche wahr werden,
muss man sich auch was wünschen.*

KAPITEL 3

Was wünsche ich mir?

Ich wache auf und sehe mich um. Kurz bin ich irritiert. War das ein Traum? Ist das alles ein Traum? Wo bin ich? Ich sehe mich um. Ich bin im alten Haus von Frau Friedl. Ja, das ist kein Traum! Sofort erinnere ich mich an die gestrige Anreise, an den Wunschzettel, den ich mit Felix geschrieben habe. Felix, ja, ich sehe mich im Bett um, aber Felix ist nicht da.

»Felix?«, rufe ich und sofort wird mir übel. Wie kann ich nicht merken, dass mein Kind weg ist? Wie kann man so tief und fest schlafen? Vermutlich hat mich das ganze Wunschzeug ganz verrückt gemacht.

Eilig stehe ich auf und gehe die Treppe nach unten.

»Felix?«, rufe ich. Aber er antwortet nicht.

»Felix!«, rufe ich noch mal, als ich ihn eingepackt mit Jacke und Mütze zusammen mit Mama im Garten sehe.

Himmel. Mein Herz!

Ich öffne die Tür.

»Was macht ihr denn da?«, sage ich und lächle sie an. Dankbar, dass es ihm gut geht.

»Wir haben uns nur kurz das Eichhörnchen angeschaut, das im Baum sitzt«, ruft Mama und ich nicke.

»Und guten Morgen. Hast du gut geschlafen?«, will sie wissen.

»Ja. Wie viel Uhr ist es denn?«

»Halb neun.«

Ach herrje, und ich habe so tief und fest geschlafen. Und dann dieser komische Traum. Backe, backe – was sollte das denn? Schnell schiebe ich ihn weg.

»Hab heute Morgen Brötchen bringen wollen, da hat Felix aufgemacht. Er meinte, du schnarchst wie ein Bär und schläfst so fest wie der Hase.«

Ich rolle mit den Augen. »Ja, so tief und fest nun auch wieder nicht.«

»Kaffee ist auch fertig«, sagt sie und ich merke, wie sich mein Herz mit Wärme füllt, und nehme den Duft wahr. Kaffee, Brötchen. Lange her, dass mich jemand damit überrascht hat. Und ja, es tut gut, auch mal ein klein wenig umsorgt zu werden.

Wenig später frühstücken wir gemeinsam. Meine Mutter lächelt.

»Heute schaust du dir den Kindergarten an, Felix. Den besuchst du nämlich ab Montag. Ich habe gesagt, wir sind gegen elf da«, erklärt sie Felix, der gerade in sein Schokobrötchen beißt.

»Gibt's da ein Bällebad?«, will er wissen. Meine Mama nickt.

»Toll, dann will ich jetzt schon hin!«

»Super, dann geben Mama und ich in der Zeit deinen Wunschzettel ab.«

»Oh ja, ich habe mir tolle Sachen gewünscht«, sagt Felix und ich lächle.

»Hast du jetzt auch einen Wunschzettel, Mama? Dann kannst du ihn auch abgegeben?« Ich schüttle den Kopf.

»Noch nicht, aber ich schreib schon was auf. Eigentlich bin ich ja wunschlos glücklich, weil ich dich habe«, sage ich und Felix sieht mich ernst an.

»Jeder hat doch Wünsche, Mama.« Ich nicke.

»Ja, mach dir mal keine Gedanken.«

»Hast du denn was Schönes geträumt?«, will jetzt auch noch meine Mama wissen.

»Ähm, na ja, ich erinnere mich nicht mehr genau. War nur was mit Backen oder so. Nicht weltbewegend«, sage ich, auch wenn es eine Lüge ist.

»Na, das kommt schon wieder. Und du, Felix?«

»Ich habe von Weihnachten geträumt und dass es das schönste wird, das es gibt.«

»Das klingt doch toll. Aber jetzt geht es erst mal in den Kindergarten«, sage ich und lächle.

»Ja!«, ruft Felix.

Zum Glück läuft das gerade unkompliziert.

Als wir fertig gegessen haben und angezogen sind, machen wir uns auf den Weg. Meine Mama begleitet uns und natürlich fallen wir in dem pinkfarbenen Auto auf.

Als wir es parken und zum Kindergarten laufen, muss ich gestehen, dass ich nicht mehr im Kopf hatte, wie toll der Kindergarten hier ist. So viel Wiesenfläche, ein Spielturm. Ein riesiger Sandkasten – und alles ist schon geschmückt und weihnachtlich.

»Wow, wie toll«, sagt Felix und ich bin erleichtert.

Als wir das Innere betreten, ist es auch wirklich heimelig, und alle sind sofort nett. Susanne, die Leiterin begrüßt uns und Margit, die Betreuerin, nimmt sich gleich Felix an und Maritta, eine weitere Gruppenleiterin, zeigt uns kurz die Räume. Eigentlich ist alles schnell klar: morgens Brotbox packen; mittags gibt es Essen. Für die kommende Weihnachtszeit sind tolle Sachen geplant.

Wenn Felix will, darf er sogar kurz bleiben. Felix will und wir verabreden, dass ich ihn in zwei Stunden wieder abhole.

»Na dann können wir ja kurz noch ein paar Dinge besorgen und erledigen«, schlägt Mama vor und so finden wir uns wenig später am Marktplatz wieder. Die Eisdiele dort kenne ich und auch der Besitzer ist nach wie vor der Alte. Das Rathaus am Platz wirkt wie ein wachendes Auge. Auch die Post und der Lotto-Laden sind noch hier. Nur daneben war mal, soweit ich mich erinnere, eine Wäscherei. Jetzt hängt da ein »Geschlossen«-Schild, was mir schon gestern aufgefallen ist.

»Steht schon zu lange leer. Echt traurig. Dabei hätte das hier doch so viel Potenzial, aber hier liegt der Hase begraben, hahaha, oder der Hund begraben, wie man so schön sagt. Da sollte ein Café rein, aber daraus ist nichts geworden. Dabei ist schon einiges umgebaut. Na ja«, sagt Mama und ich betrachte das Innere. Es ist kein großer Laden, aber tatsächlich sehr gemütlich, und ich sehe die Theke, die dort steht und vor sich hin staubt. Nachdem ich sowieso Felix' Brief abschicken soll, gebe ich ihn meiner Mutter, da sie eh zur Post muss, und ich warte draußen. Als ich so dastehe, baut sich mit einem Mal jemand vor mir auf.

»Na, das gibt's ja nicht! Auch mal wieder da?« Ich habe erst keine Ahnung, wer der Kerl ist, aber dann erkenne ich ihn doch. Er ist mal in meiner Klasse gewesen: Theodor – mit dem ich leider mal auf einer Klassenfahrt herumgeknutscht habe.

»Hab gehört, dass du wieder hier wohnst. Hat sich schon herumgesprochen.«

Ich nicke. Na wunderbar.

»Scheidung, hm, na ja, passiert.«

So ein blöder Spruch. »Na ja, Scheidung nicht. Ich war ja nie verheiratet«, korrigiere ich ihn.

»Oh«, sagt er jetzt. »Wilde Ehe. Ihr habt doch ein Kind, oder? Na ja, also wenn du seelische Unterstützung brauchst, gern lade ich dich mal auf einen Kaffee ein. Ich bin ein guter Tröster …«

Doch mit einem Mal steht eine Frau neben ihm. »Da bist du ja! Hast du wieder heimlich geraucht, Theo?« Sie mustert mich und setzt dann ein gespieltes Lächeln auf. Sofort weiß ich auch, wer die Frau ist. Daniela Knabel. Wir mochten uns nicht besonders.

»Ach, das ist ja eine Überraschung! Dann stimmt es also, dass du wieder hier bist. Wirklich zu blöd mit deiner Ehe.«

Ich räuspere mich. »Ich war eigentlich nicht …«, verheiratet will ich sagen, aber sie hört gar nicht zu.

»Ich und Theo sind ja schon lange glücklich, nicht wahr, Theo.«

Theo nickt.

»Freut mich. Ja, man kann wirklich froh sein, wenn es gut läuft.« Ich sehe zu Theodor. So ein Idiot. Hat der mich gerade echt angebaggert? Selbst der doofen Daniela wünsche ich so einen Idioten nicht.

»Was ist denn passiert?«, fragt er.

»Hat mich betrogen und wegen einer anderen verlassen«, sage ich und frage mich, warum ich das erzähle.

Sie sieht Theodor an.

»Ach herrje. Du Ärmste! Aber kann ja nicht jeder so ein Glück haben wie ich. Wir sind schon über zehn Jahre ein Paar und vier verheiratet.«

Ich bin mir sicher, sie hat sich verrechnet, aber gut.

»Nun, wir müssen dann mal weiter.«

Ich nicke. Glücklicherweise kommt in diesem Moment auch meine Mama aus der Post.

»Hach, da hab ich den falschen Umschlag eingepackt«, sagt sie und mustert die beiden.

»Also dann, wir sehen uns sicher noch das ein oder andere Mal.«

Die beiden winken und gehen. Na da freue ich mich aber drauf – nicht! Ich atme tief durch.

»Alles okay?«, will Mama wissen.

»Ja, es wird wohl schon ordentlich getratscht.«

Sie zuckt mit den Schultern.

»Die Leute reden, nur weil ihr eigenes Leben langweilig ist. So, ich muss ganz kurz zurück den Umschlag holen. Wartest du eben hier?«

»Ja, mach dir keinem Stress, Mama, ich schau mich etwas um. Hast du den Brief von Felix abgegeben? Mit seinen Wünschen?«

Sie nickt. »Klar! Dann gehe ich schnell. Schau du dich um und wir sehen uns ja dann.«

Wir verabschieden uns und ich schlendere nun zum Weiher und setze mich dort auf eine Bank. Ich habe noch etwas Zeit, bis ich - oder wir - Felix abholen sollen, und will versuchen, etwas durchzuatmen, während Mama noch mal zurückfährt. Ich will mich umsehen, ankommen. Abschalten. Der Blick von der Bank aus über den Markt ist schön. Früher war ich immer total happy, wenn dort die Weihnachtsbeleuchtung herausgeholt wurde. Ich freue mich mit einem Mal auch auf den Weihnachtsmarkt, Glühwein, die schöne Stimmung und auch auf die vielen Leckereien, die dann dort verkauft werden. Ich war dort früher mit Franzi, meiner besten Freundin.

Ja, Franzi.

Franzi wollte ich auch schon schreiben, aber irgendwie war ich auch noch ein bisschen gehemmt. Ich fühle mich mies, weil wir uns so lange nicht gehört haben. Ja, wir haben keinen Streit gehabt, aber wirklich richtigen Kontakt auch nicht, und jetzt soll ich einfach anklopfen? Ich weiß, dass sie eine Tochter hat; wir hatten uns mal Bilder geschickt, aber alles war doch mehr sporadisch. Leider hatte ich in all den Jahren ziemlich viel einschlafen lassen, was mir jetzt gerade noch bewusster wird.

In München hatte ich schon einige Mamas gekannt, durch die Krabbelgruppe, in der ich mit Felix war, auch über das Backen und die Torten, die bei mir in Auftrag gegeben wurden. Weil ich Freude daran hatte und mir so etwas dazuverdienen konnte. Aber darüber hinaus war ich meistens gut mit mir selbst eingespannt.

Früher, als ich hier gelebt habe und mit Franzi unterwegs war, hatten wir schon ein paar schöne Momente. Gerade in der Schulzeit. Ich erinnere mich, wie wir im Wald Lager gebaut haben. Ich denke daran, wie ich ab und an mal Frau Friedl dabei geholfen habe, die Kuchen auszuliefern, und Franzi war mit dabei. Ich muss lächeln und betrachte mein Handy. Franzi. Sollte ich Franzi mal schreiben?

Mein Blick schweift über den Weiher und ich atme die Luft tief ein. Wenn ich mein früheres Ich jetzt treffen würde, was würde ich mir raten?

Wahrscheinlich würde ich mir sagen, dass ich aufhören soll, hier herumzuheulen, weil es absolut bescheuert ist. Es gibt nämlich so viele Dinge, für die ich gerade auch dankbar sein kann. Für das Haus. Für Felix, der so lieb war und alles so gut mitgemacht hat und der noch immer an schlafende Hasen glaubt. Ich kann dankbar für meine Mutter sein, so verrückt sie ist, ich sollte mir in der Tat eine Scheibe von ihr abschneiden. Sie hat noch nie interessiert, was andere von ihr denken. Ich habe ein süßes Haus von einer lieben Frau. Ich bin jung – also noch einigermaßen jung: gute fünfundzwanzig. Als ob da das Leben schon vorbei ist? Nein, im Gegenteil, eigentlich ist doch noch alles möglich, oder? Auch die Liebe. Ja, die Liebe.

Es gibt so viel zu machen. Ich habe auch noch so viele Träume und Wünsche.

Wünsche, ja, welche habe ich wirklich? Ich denke an Felix und an den Wunschzettel. Er hat sofort eine Menge darauf geschrieben. Und ich …

Was ist aus all den Wünschen geworden? Ein Café eröffnen, mit meinem Gebäck den Menschen Glück bringen. Einen Mann an meiner Seite, der mich liebt. Es gibt noch so vieles, was ich will. Felix aufwachsen sehen. Mal richtig guten Sex haben steht auch auf dem Programm. Diesen, von dem alle immer schwärmen oder man in Romanen liest, wenn es prickelt, und all das. Anscheinend muss so eine Art von Sex ja existieren, denn sonst würde man darüber ja nicht schreiben können, oder?

Ich will etwas im Leben tun, das mir Freude macht. Ja, auch das ist doch etwas, was man sich als Ziel setzen kann. Freundschaften, falls ich mal wieder welche haben sollte, würde ich sie pflegen.

Ja, auf alle Fälle. Und Weihnachten steht vor der Tür. Ein großes Fest würde ich da zu gern feiern. Mit einem nicht besoffenen Weihnachtsmann. Ja, vielleicht war das hier alles eine Chance, denn insgeheim habe ich doch schon länger darüber nachgedacht, mein Leben zu ändern – heimlich in stillen Momenten hatte ich ein paar Wünsche. Irgendwie lächle ich mit einem Mal und heule gleichzeitig. Es ist verrückt. So viele Gefühle, die in einem toben.

Mama meint, damit Wünsche in Erfüllung gehen, muss man sich auch was wünschen. Alles braucht eben seine Zeit. Ist das so? Ich wünschte, Franzi zu sehen. Das wäre was, wieder eine Freundin haben …

»Taschentuch«, höre ich mit einem Mal eine Stimme neben mir, sehe auf und blicke in honigbraune Augen, auf eine sommersprossige Nase und blonde, zusammengebundene Haare. Das ist jetzt nicht wahr.

»Franzi.«

Sie sieht mich an und lächelt dann. »Ja, die bin ich. Deine Mama meinte, du sitzt hier.«

»Das gibt's nicht«, sage ich und sie lacht.

»Na. Wann hattest du vor dich zu melden, hm?«, will sie wissen und ich schlucke.

»Ehrlich gesagt hatte ich wirklich auch gerade darüber nachgedacht, aber mich nicht getraut und ...«

Sie lacht. »Und deswegen musst du weinen?«

Ich schüttle den Kopf. »Nein, nur weil, ach, keine Ahnung.«

Sie trägt eine Tüte mit Einkäufen. »Ich muss jetzt heim, Mittagessen machen, aber wenn du willst, komm ich später vorbei? Du wohnst doch jetzt im Haus von Friedl, oder?«

Ich nicke. »Ja, total gern.«

»Dann machen wir das so. Ich freu mich! Jetzt muss ich mich beeilen, aber bis dann.«

Noch immer halte ich das Taschentuch in der Hand. »Ich freu mich auch. Also bis später.«

Okay, damit hatte ich jetzt nicht gerechnet. Schon lustig. Da wünsche ich mir Franzi herbei und sie steht da. Zufall? Vermutlich. Aber auf alle Fälle ein ganz besonders schöner.

Manchmal bringt das Leben unerwartete Begegnungen, die unsere Wünsche wahr werden lassen.

KAPITEL 4

Alte Freundschaft neue Wege

Und das Bällebad ist so was von cool! Da ist sogar eine Rutsche drin«, erzählt Felix, als ich ihm die Schuhe anziehe.

»Ich bin ein Löwe, Mama!« Er deutet stolz auf das Schild.

»Das bist du und was für einer«, sage ich und reiche ihm die Jacke.

»Ziehst du die schnell an? Ich muss noch kurz was fragen.« Während Felix sich die Jacke anzieht, gehe ich zu Margit und Maritta, die gerade dabei sind, ein paar Dinge zu notieren.

»Also vielen Dank, ich bin echt so erleichtert, auch dass es ihm gefällt.«

»Er hat sich sofort wohlgefühlt, was uns ebenfalls freut. Und er hat schon eine Freundin.«

Ich hebe eine Braue. »Ehrlich?«

Margit deutet auf ein Mädchen mit roten Haaren. »Das ist Nika, eine kleine Räuberin.«

Ich lächle. »Na wunderbar. Da fällt mir wirklich ein so großer Stein vom Herzen. Dann bringe ich ihn am Montag wie vereinbart.«

»So machen wir es! Bitte noch alles ausfüllen; ich habe die Verträge hier in der Mappe. Dann brauchen wir noch ein Bild von Felix und bitte den Bogen ausfüllen.«

Ich packe mir alles in die Tasche.

»Perfekt. Ich freu mich!«

Wir verabschieden uns und ich gehe zurück zu Felix, der auf mich wartet.

»Also dann, machen wir uns mal auf den Weg. Ich habe was eingekauft und ich würde sagen, heute essen wir Spaghetti mit Tomatensoße, okay?«

Mit rotem Spaghettimund sitzt Felix vor mir, während ich mich durch das Internet klicke. Ja, Wünsche werden nur wahr, wenn man sich was wünscht, oder wenn man es selbst anpackt. Und da ich ja irgendwas arbeiten muss, sollte ich auf alle Fälle mal auf die Suche gehen. Ja, wenn ich mein Leben ändern wollte, dann musste ich es auch anpacken. Heulend auf einer Bank zu sitzen, bringt ja da nicht wirklich etwas. Natürlich wäre eine Stelle im Ort am besten. Aber bisher ist nichts dabei, was auf mich passt.

Bis auf den Laden am Marktplatz. Ist das ein Zeichen? Erst vorhin habe ich darüber nachgedacht, wie schön es wäre, ein eigenes Café zu haben. Aber ist das nicht unrealistisch? Wobei es auch irgendwie ein schöner Gedanke ist. Ich lege das Handy frustriert weg. Als ob das so einfach funktioniert!

Wobei … Ein Café, ein glückliches Kind, ein netter Mann. Mit einem Mal ist da ein Bild in meinem Kopf. Eine Theke mit vielen Kuchen. Kaffee, Glühwein, Stehtische vor dem Geschäft im Winter und der Weihnachtszeit, Sitzgruppen. Vielleicht wäre das wirklich was. Ach, was tue ich da? Ich hänge irgendwelchen Hirngespinsten nach.

»Was machen wir jetzt, Mama?« Felix grinst mich an.

»Nun, wir könnten hier ein bisschen aufräumen?«, antworte ich, als es plötzlich klingelt.

Überrascht sehe ich ihn an. Bestimmt ist es Mama. Doch als ich die Tür öffne, steht Franzi da. Natürlich. Sie hatte ja gesagt, dass sie mich besucht. Sofort spüre ich eine Wärme in meinem Bauch.

»Hey, ich habe ja gesagt, dass ich komme. Und das ist Nika, meine Kleine«.

Ich sehe Franzi an und dann stürmt Felix schon auf Nika zu.

»Hallo Nika, kommst du zum Spielen? Das ist ja toll!« Nika nickt und ich kann es nicht fassen.

»Nika ist deine Tochter?«

Sie nickt.

»Ja, man glaubt es kaum. Die roten Haare hat sie von Georgs Familie, auch wenn er meint … ach egal, lange Geschichte.« Lächelnd winkt sie ab.

»Ist Georg dein Mann?«

Sie winkt ab. »Ex-Mann.«

Nachdem die Kinder schon irgendwo anderes im Haus sind – vermutlich im Kinderzimmer von Felix –, kommt Franzi zu mir rein.

»Freu mich so, dass wir uns endlich sehen! Lass dich mal umarmen«, sagt sie und es fühlt sich gut an, als wir uns einen Moment lang halten.

»Kaffee?«, frage ich, als wir uns voneinander lösen.

»Kaffee klingt super!«, sagt sie und ich lächle.

Wenig später sitzen wir am Tisch und trinken die braune Flüssigkeit und essen Kekse.

»Die sind echt megagut, aber du hast ja immer schon so gut gebacken. Wie hast du die gemacht?«

»Die hab ich für Felix erfunden. Wir nennen sie Überraschungskekse. Da ist allerhand drin - vor allem viel Vanille und Zucker«, sage ich und sie lacht.

»Wirklich gut. Hast du eigentlich nach der Ausbildung weiter als Konditorin gearbeitet?«

Ich winke ab. »Na ja, nein, nicht sehr lange. Ich bin ja dann schwanger geworden. Aber ich habe zu Hause noch weiter gebacken und das ein oder andere Mal Kuchen für andere Mamas gemacht, für Geburtstage und so, aber mehr nicht. Aber du übertreibst, so gut sind die auch wieder nicht.«

Franzi sieht mich mit großen Augen an. »Unsinn weißt du nicht mehr, wie dich Friedl immer gelobt hat? Sie war schon immer überzeugt, dass du das richtig gut kannst.«

Ich lächle, als ihre Worte die Erinnerung in mein Gedächtnis zurückholen. Mit einem Mal denke ich auch an die Rezepte, die wir oft aufgeschrieben haben. In diesem alten Buch. Und ich denke an den Traum. Irgendwie war die Szene doch bekannt. Egal.

»Stimmt. Wir hatten immer so viel Spaß«, sage ich jetzt in Gedanken und sie grinst.

»Das stimmt. Und wie fühlst du dich so? Gab es einen Grund, warum du heute geweint hast? Doch nicht meinetwegen, oder?«

Ich sehe sie an.

»Na ja, irgendwie haben mich die Gefühle übermannt. Die Trennung, alles neu und dann kam es einfach so aus mir heraus …«

»Ja, man hat darüber geredet. Es gibt die unterschiedlichsten Versionen übrigens. Also warum du wieder hier bist. Weil deine Mutter krank ist, weil du deinen Mann verlassen hast, weil du geschieden bist. Weil du …«

Ich lache. »Ja, ja, das Landleben«, sage ich und sie nickt.

»Oh ja!«

»Nervig. Mach dir nichts draus. Ich kenne das, bei mir war Nika übrigens rothaarig, weil ich angeblich mit dem Pfarrer Johann eine Affäre hatte und das Kind nicht von Georg ist. Der mich deswegen übrigens verlassen hat. Die andere Version war, dass mein Kind von Ed Sheeran ist, denn ich war ja auf seinem Konzert in München.«

»Ehrlich? Tut mir leid. Aber, wie toll! Also dass ihr beide ein Kind habt!«

Sie lacht. »Ja, super, er ist nur eindeutig zu viel unterwegs.« Ich steige in das Lachen ein.

»Wirst du es ihm irgendwann sagen, also Ed?«

Sie schüttelt den Kopf. »Nein, es war der Pfarrer.«

Ich pruste los. »Klingt auch plausibler.«

»Nein, eigentlich ist die Ehe einfach gescheitert. Ich war nicht glücklich. Reicht das nicht manchmal als Grund?«

Ich nicke wieder ernst. »Absolut ausreichend.«

»Ja, und jetzt erzähl doch mal du. Wie ist es dir wirklich ergangen?«

Ab und an braucht es eine Tasse Kaffee
und eine gute Freundin,
um alte Erinnerungen aufzufrischen
und neue Pläne zu schmieden.

KAPITEL 5

Ein süßer Deal

Das ist schon ziemlich fies. Aber hast du da gar nichts gemerkt?«, fragt mich Franzi, als ich ihr die Geschichte erzählt habe. Von Heike und Jörg und allem.

Ich zucke mit den Schultern.

»Doch schon. Ich war tatsächlich nicht besonders überrascht, dass er mich womöglich betrügt, aber …«

Franzi hebt die Hand hoch, um mich zu unterbrechen.

»Ich glaube ganz ehrlich, es ist besser für dich. Sonst hättest du all das zu lange hingenommen. Deine Mama hatte schon recht: Hier zu sein, ist viel besser für euch. Neu anfangen. Du wirst sehen, es ist am Anfang schwer, aber dann tut es auch gut. Dann fängt man an, sich wieder mit sich selbst zu beschäftigen, und merkt, so schlimm ist das gar nicht. Ich denke mir immer, wenn ich wieder einen Mann in mein Leben lasse, dann nur weil *ich* es will.«

Sie strahlt mich an und ich freue mich auch, mit ihr einfach nur dazusitzen und Kaffee zu trinken. Lange habe ich das nicht mehr gemacht – so unbeschwert auf keinen Fall.

»Und willst du?«

»Klar! Die Liebe finden will ich auf alle Fälle, aber ich bin da ganz entspannt.«

»Das ist gut. Und ja, vermutlich ist es so, aber dennoch weiß ich jetzt nicht so recht, was ich machen soll. Jetzt mal unabhängig von der Liebe.«

»Ja, ich kenne das Gefühl, aber glaub mir, es wird jeden Tag besser. Weil man wieder Luft bekommt irgendwie …«, sagt sie und ich nicke.

»Weißt du, wen ich heute gesehen habe?« Sie sieht mich fragend an.

»Theodor. Der Kerl ist echt schlimm. Ich glaube, er hat mich angebaggert.«

»Der baggert jeden an! Die arme Daniela, wirklich!«

»Dachte ich mir auch. Hach ja, irgendwie hoffe ich trotz allem auf die Liebe, die wirkliche. Und nicht so komische Männer«, sage ich verträumt.

Plötzlich klingelt mein Handy. Ich schaue auf das Display. »Ach nee. Apropos merkwürdige Männer …«, murmle ich und Franzi sieht mich an.

»Dein Ex?«, will Franzi wissen. Ich nicke.

»Ja, leider. Keine Ahnung, was er schon wieder will«, sage ich nur, als ich die Augen verdrehe, rangehe und auf laut schalte.

»Hallo?« Am anderen Ende der Leitung räuspert sich Jörg.

»Lene, hier ist Jörg«, sagt er und ich rolle mit den Augen. Als ob ich seinen Namen vergessen habe. Franzi grinst.

»Das weiß ich schon, Jörg, dein Name wird auf meinem Handy angezeigt. Was ist?«

»Also. Heike ist ja jetzt eingezogen und sie meint, sie möchte gern die Küchenmaschine austauschen. Hast du Interesse daran?«

Ich weiß gar nicht, was ich sagen soll.

Franzi sieht mich augenrollend an.

»Ähm, ja klar. Ist ja auch meine. Du hast ja rumgemeckert.«

»Ja, ja. Egal. Super, ich würde sie dir auch natürlich günstiger geben. Ist klar.«

Wie bitte? Der hat sie ja wohl nicht mehr alle!

»Ähm, dann nein, danke«.

Er seufzt. »Ach, Lene, wirklich. Du solltest dich mal erwachsen verhalten. Auch wenn ich verstehen kann, dass du mich zurückwillst. Ich meine, ich bin ein Traummann, ja, und ich weiß, du verlierst etwas, aber es ist besser so. Ganz sicher.«

Der Kerl ist doch nicht mehr ganz bei Trost.

Ja, ich hatte wegen der Küchenmaschine gefragt, aber mal ehrlich: Er würde sie mir günstiger geben?! Und überhaupt, er ein Traummann? Eher nicht.

»Nein, danke, dann lass gut sein. Ich kaufe mir selbst eine.«

Er seufzt erneut. »Na dann, drück Felix. Geht's ihm gut?«

»Sehr gut, er spielt gerade mit Ed Sheerans Tochter.«

Ehe er noch mehr sagen kann, lege ich auf und Franzi lacht.

»Das hat er jetzt nicht wirklich gesagt, oder? Was ist das für ein Kerl?«

»Oh doch. Das ist Jörg, wie er leibt und lebt.«

Sie atmet tief durch. »Sei froh, ihn loszuhaben. Wirklich jetzt.«

»Ja, bin ich auch und dennoch …«

Sie nimmt meine Hand. »Hey, es gibt schon noch nette Männer. Aber *er* ist bestimmt keiner.«

Ich nicke.

»Pass auf. Ich habe eine Küchenmaschine. Du kannst sie haben. Ich benutze sie nie. Mir liegt es nicht zu backen«, sagt sie und ich beiße mir auf die Lippen.

»Ehrlich?«

»Ja, ich bin da eher so diejenige, die sich gern unterhält und isst oder verkauft.«

»Wirklich?«, frage ich noch mal nach und sie nickt.

»Ja, aber dafür möchte ich mindestens einmal in der Woche Kuchen bei dir essen. Haben wir einen Deal?«

Ich lache. »Ja, wir haben einen Deal.«

Als ich später die Backmaschine aufstelle, die mir Franzi vorbeigebracht hat, merke ich, wie warm mir ums Herz wird.

Als auch noch meine Mutter zusammen mit Gabi zu uns stößt und wir zusammen noch ein Glas Wein trinken, fühle ich mich einfach nur heimisch. Es tut gut, mit allen zusammen dazusitzen. Und auch wenn ich erst traurig war, habe ich das Gefühl, alles ist genau richtig.

Die nächsten Tage bin ich dann noch mit auspacken beschäftigt und Franzi, die an diesem Wochenende frei hat, hilft mir dabei. Felix und Nika verstehen sich so gut, dass alle ihren Spaß haben und beschäftigt sind.

Ich lerne ihre Freundinnen Silke und Nadja kennen. Und es ist schön, dass sich nicht nur die Kinder gut verstehen, sondern auch wir Frauen.

Zum Dank für die Hilfe habe ich gebacken: Einen saftigen Schokoladenkuchen mit Zimt und auch ein paar Kekse habe ich auf die Schnelle fertiggestellt.

»Wenn das so weitergeht, werde ich einfach nur dick«, sagt Nadja lächelnd.

»Aber dieses Gebäck ist es echt wert«, meint Silke. Franzi ist sowieso begeistert und auch die Kinder lieben es.

Und ich bin glücklich, weil ich mich mal wieder so richtig gebraucht fühle.

Wir sollten vermutlich wieder viel unbedarfter sein. So wie die Kinder. Und nicht immer glauben, dass uns nicht auch was Gutes passieren kann.

KAPITEL 6

Wenn man den Stern herausfordert …

Wir sollten ausgehen«, sagt Franzi zu mir, nachdem wir den ganzen Samstag herumgeräumt hatten. Diesmal ohne Nadja und Silke, dafür mit meiner Mama und Gabi. Die Kinder hatten zusammen gespielt und die Zeit ist in der Tat einfach so verflogen.

»Ausgehen? Hier in Winterberg?«, frage ich.

Franzi lacht und legt gerade eine Decke zusammen, die perfekt auf das Sofa passt. Sie hatte sie noch übrig und mir mitgebracht.

»Ja, warum nicht? Also meine Mutter würde auf Nika aufpassen. Jetzt müsstest du nur noch jemanden für Felix finden.« Ihr Blick wandert zu meiner Mama, die nun lacht.

»Nun, ich wüsste da jemanden. Mich! Ich würde das machen.«

Ich sehe die beiden an.

»Ehrlich, einfach heute ausgehen?«

Franzi nickt. »Warum nicht? Wir gehen ein bisschen in die Bars hier und quatschen. Wir brezeln uns so richtig auf und heizen damit noch mehr die Gerüchteküche an. Die zwei Single-Frauen, die jetzt mal wieder was wissen wollen oder so.«

Ich kann mir ein Lachen nicht verkneifen. »Das finde ich gut! Also ich nehme Felix gern«, sagt meine Mama und so ist es schließlich besiegelt. Ich drücke schließlich Felix, der sich darüber unheimlich freut, einen Abend bei Oma zu verbringen. Mit Franzi vereinbare ich, dass wir uns gegen neun treffen, um dann in die Bar 0815 zu gehen und dort ein paar Cocktails zu schlürfen.

Als ich aus der Dusche komme, meine Haare geföhnt und eingedreht habe, sehe ich mich im Spiegel an. Die mit Spitzen besetzte Unterwäsche habe ich lange nicht getragen. Heute habe ich mich allerdings nicht etwa dafür entschieden, weil ich die Hoffnung habe, jemanden abzuschleppen, sondern weil ich einfach ein sexy Gefühl haben will. Und mal ehrlich: Ab und an verleiht einem das Tragen von sexy Wäsche schon so ein Gefühl.

Ich entscheide mich schließlich für eine enge Jeans und einen Body, der ebenfalls Spitze hat. Ich wollte ihn schon lange tragen, habe es aber irgendwie nie gemacht. Und mit einem Mal wundere ich mich, wie gut alles sitzt. Tatsächlich habe ich durch die Trennung und den Stress ein paar Kilo abgenommen. Ganz unbewusst.

Als ich mir die Stiefel mit Absätzen anziehe und in meinen Mantel schlüpfe, betrachte ich mich vor dem Spiegel und muss sagen: Ich gefalle mir.

»Aber hallo! Du siehst aber gut aus«, sagt Franzi, als sie bei mir ankommt. Sie ist mit dem Rad gekommen und will es bei mir stehenlassen, damit wir gemeinsam laufen können.

»Du auch«, antworte ich und wir fallen uns um den Hals.

Franzi trägt eine beige Hose, hübsche Stiefel und ebenfalls einen Mantel, der ihre Figur betont. Wir haben nur einen kurzen Fußmarsch und sind beide unglaublich gut gelaunt, als wir die Bar erreichen und im Inneren einen freien Tisch ergattern. Blaue Lichter, viele Menschen und Musik, die mir sofort gute Laune beschert. Wobei ich sowieso schon gute Laune habe.

Wir bestellen uns einen Cocktail bei einer der Bedienungen.

Schließlich sitzen wir bei einem Christmas Dream da und stoßen an.

Wir reden über alles Mögliche und irgendwann wird es immer lustiger, weil wir beschließen, die Leute ein bisschen abzuchecken.

»Hattest du seit der Trennung wieder einen Kerl?«, will ich irgendwann wissen. Franzi legt den Kopf schief.

»Okay, einen.«

Ich lächle. »Und wie war das?«

»Ja, war ganz okay. Es war auf einer Feier, habe ihn dort kennengelernt und na ja, dachte mir dann warum nicht.«

»Und war es gut?«

»Ja, also irgendwie schon.« Sie grinst.

»Wow. Ich wüsste nicht mal mehr, wie das geht, was mehr als peinlich ist.« Ich kichere und sie stupst mich leicht an.

»Unsinn! Ist wie Fahrradfahren. Das verlernt man nicht. Es wird eher besser, wenn wir sagen, was wir wollen. Ich meine, wie unbeholfen ist man am Anfang, oder? Man muss sich einfach nehmen, was man will. Was meinst du, welcher Kerl hier würde dir gefallen? Nur mal einfach so …«

Ich sehe mich um. Gute Frage. Ich lasse meinen Blick weiter wandern.

In diesem Moment geht die Tür auf und ein Mann betritt die Bar. Irgendwie kommt er mir ziemlich bekannt vor. Und dann weiß ich auch woher. Die zimtfarbenen Haare, diese Augen. Das ist der Kerl, der Felix gerettet hat und der von meiner Mutter als Scheißkerl betitelt worden war. Wie kommt der denn hierher? Das gibt es doch nicht! Er geht in Richtung der Bar und begrüßt dort jemanden. Sofort schießt mir Hitze in die Wangen.

»Oha, ich sehe es dir an. Der gefällt dir?«, sagt Franzi und ich sehe sie an.

Aber in meinem Kopf ist nur dieser eine Gedanke: Das kann doch nicht wahr sein! Warum ist er hier?

»Ja, also …«

Franzi grinst mich weiter an. »Da kann ich dir gleich was zu sagen, also zu dem Kerl.«

Ich sehe sie fragend an. »Ja?«

»Oh ja. Er ist ganz neu hier und man erzählt sich, dass er sehr hilfsbereit ist.« Sie zwinkert mir zu.

»Ach ja? Inwiefern?«

»Ja, weil er wohl Handwerker ist und Single. Wobei man das nicht so genau weiß. Er wurde schon mit der ein oder anderen Frau gesehen. Und Silke meinte, gehört zu haben, dass er die Wünsche der Frauen nicht nur als Handwerker erfüllt.«

»Okay. Das heißt ...«

»Na im Bett ...«

»Ach so!«, rufe ich und sie kichert.

»Aber dann ist er ein Aufreißer?«

»Na ja, laut dem, was man hört, ist er jedenfalls sehr locker. Sein Herz sollte man an ihn wohl nicht verlieren. Was schwer ist, denn er hat es wohl drauf ... Ach und weißt du was? Angeblich soll er sich sogar eine Art Erwachsenenzimmer gebaut haben, damit er, na du weißt schon. Dort noch mehr Wünsche erfüllen kann.«

»Ach komm, das ist doch alles Unsinn, oder?«

Sie lacht.

»Ja, glaub ich auch, aber ich gebe nur wieder, was ich gehört habe. Aber wir wissen ja beide, wie das mit dem Getratsche ist.«

Ich mustere ihn erneut. Ja, er ist wirklich ziemlich scharf. Oh Mann.

»Wie du ihn ansiehst ...«

»Ja, weil, soll ich dir was sagen? Ich kenne ihn.«

»Du kennst ihn?«, wiederholt Franzi etwas zu laut und ich werfe ihr einen bösen Blick zu.

»Nicht direkt kennen. Aber an unserem ersten Tag, als wir in Nürnberg angekommen sind, ist Felix fast überfahren worden und der Kerl hat ihn gerettet.«

»Oh wow, wirklich?«

»Ja, er wollte zu meiner Mutter rennen und du weißt ja, wie Kinder sein können.«

Sie nickt und fordert mich auf, weiterzuerzählen.

»Jedenfalls hatte ich ein schlechtes Gewissen. Er hat mich so vorwurfsvoll angesehen. Und dann ist mir alles Mögliche über die Lippen gekommen. Dass ich es ja nicht leicht habe - und allein bin und mein neues Leben beginnt. Es war so peinlich und jetzt ist er auch noch hier.«

Sie lächelt.

»Er sieht wirklich gut aus.«

»Ja, schon. Aber … hoffentlich erkennt er mich nicht«, sage ich noch, sehe dann doch zu ihm und … Zu spät. Unsere Blicke treffen sich. Verdammt.

Für den Bruchteil einer Sekunde wird mir wieder ganz warm.

»Ach, da wäre noch was. Meine Mutter hat ihn dann auch noch mit dem Auto fast gerammt und ihn als Scheißkerl beschimpft.«

Jetzt lacht Franzi. »Klingt ganz nach deiner Mama!«

Ich nicke und nehme den letzten Schluck von meinem Cocktail.

»Bestellen wir noch was?«, fragt Franzi, als er an unserem Tisch vorbeigeht. Wieder in Richtung der Tür, in der Hand eine Tüte. Vielleicht hat er Essen bestellt. Erneut treffen sich unsere Blicke, dann ist er wieder weg.

Warum kribbelt es in meinem Bauch so?

»Also ich meine, er lässt sicher keine Wünsche offen«, sagt sie und ich stupse sie an.

»Ja, aber ich will doch jemanden, der … na ja, der es ernst meint.«

»Verstehe ich, aber manchmal kann man jemanden auch zum Erfüllen diverser Bedürfnisse nutzen.« Sie lacht erneut.

»Nun, da habe ich keine«, sage ich und sie winkt ab.

»Ja, ja … noch nicht.«

Wir sitzen noch eine gute Stunde da, trinken noch zwei Cocktails, lachen und haben wirklich Spaß, bis wir beschließen, uns auf den Weg nach Hause machen. Als wir ankommen, sieht mich Franzi an.

»Der Stern da oben ist unglaublich hell, siehst du ihn?« Sie hat den Kopf nach hinten gelegt und blickt in den Himmel.

»Ja, das ist wohl der Wunschstern, denn jetzt ist die Zeit der Wünsche«, sage ich und sie lacht.

»Okay, wie kommst du darauf?«

»Hat meine Mutter behauptet und Felix erzählt. Er macht Wünsche wahr und ist nur zur Weihnachtszeit zu sehen oder so. Hat sie schon am Tag erzählt, als wir angekommen sind. Und Felix wollte dann gleich einen Wunschzettel schreiben und na ja, jedenfalls haben wir das gemacht. Wobei …«

Franzi sieht mich an.

»Wobei was?«

»Nun, er wollte auch, dass ich einen Wunschzettel schreibe, aber mal ehrlich: Ich hatte so gar keine Ahnung, was ich aufschreiben soll. Glaubst du mir das? Weil es eh nicht in Erfüllung geht. Als ob man sich was wünschen kann und dann alles wahr wird. Weihnachtsliebe auf Bestellung, oder wie? Ich mach das nicht.«

Sie grinst.

»Ach komm schon! Warum nicht? Wer weiß, vielleicht klappt es ja doch. Wir sollten vermutlich wieder viel unbedarfter sein. So wie die Kinder. Und nicht immer glauben, dass uns nicht auch was Gutes passieren kann. Ich meine, wir haben doch auch Wünsche und Bedürfnisse. Trauen uns aber vielleicht nicht, sie auszusprechen. Deswegen habe ich meinen Wunschzettel auch schon abgegeben« Sie zwinkert mir zu.

»Ehrlich?«

»Klar, aber so was von! Und das solltest du auch machen. Also wirklich. Wenn man sich nichts wünscht, wie soll dann etwas in Erfüllung gehen?«

»Mmmm, ich weiß, du meinst es gut, aber mal ehrlich unter uns. Ich glaub da einfach nicht dran. Ich habe früher Wunschzettel geschrieben, aber nie ist was in Erfüllung gegangen. Und dieser Stern, mal ehrlich, der kann mich mal!«

»Pssst! Nicht, dass er es hört.«

»Du bist lustig, soll er doch!«

»Also ich hoffe, er macht meinen Wunsch wahr, der Stern, der Weihnachtsmann oder wer auch immer. Und du, sei nicht so, gib ihm eine Chance.«

Ich sehe zu dem Stern.

»Ich weiß nicht …«

»Aber ich weiß es, okay? Pass auf, du schreibst jetzt Wünsche auf. Wir setzen uns auf deine Terrasse, trinken noch einen Wein und dann lässt du alles raus. Alle Wünsche! Fordere den Stern heraus.«

Ich lache. »Ist das den Ernst?«

»Oh ja!«

»Lieb gemeint, aber ich denke, das kann ich mir sparen, denn der Stern, ist nichts als ein Stern und er kann nichts. Sorry, lieber Stern«, sage ich und blicke erneut kurz in den Himmel.

»Ich weiß nicht. Vielleicht unterschätzt du ihn. Also? Komm schon.«

Ich bin ja noch immer nicht so begeistert von der Idee, aber na gut, was habe ich zu verlieren. Ich glaube ja eh nicht dran. Und so sitzen wir wenig später mit einem Wein auf der Terrasse. Kuschelig in Decken eingepackt und dicke Jacken. Ich bin wirklich schon ziemlich angetrunken. Vor uns einige Zettel und Stifte. »Also, dann mal los. Was ist ein Wunsch, den du hast? Was soll der Stern erfüllen?«, fragt sie mich und ich sehe sie an.

»Ich mache das Ganze nur widerwillig, ja, aber gut, ich wünsche mir mein eigenes Café. Dort will ich meine Kuchen verkaufen, Plätzchen, Kekse, und glücklich sein. Aber das ist so unwahrscheinlich ...«

»Ist es nicht, los, schreib es auf! Mal sehen am Ende bekommt er es hin dieser Stern«, sagt sie und ich lächle.

»Okay.« Ich kritzle den Wunsch auf den Zettel.

»Und jetzt?«

»Wirf ihn zum Stern.«

»Dein Ernst?«

»Jepp, los!«

Ich nehme noch einen Schluck von meinem Wein und dann ... Ja, dann tue ich es einfach und werfe den Zettel entgegen dem Himmel.

»Yes!«, Franzi lacht.

»Na, wie fühlt sich das an?«

»Na ja, ganz okay … albern aber ja …«

»Los, noch einen Wunsch, was noch?«

»Na schön, das wird noch schwerer. Ich will mal richtig guten Sex. Mit einem Kerl, auf dessen Bauchmuskeln ich Schokolade raspeln kann«, ich lache und Franzi auch.

»Oh, klingt gut. Hattest du noch keinen? Also richtig guten Sex?«

»Ich hoffe nicht, wenn das alles war, dann, hm.« Sie lacht.

»Verstehe. Dann schreib es auf« Sie nickt mir aufmunternd zu, und ich kritzle auch diesen Wunsch widerwillig auf den Zettel und lasse ihn dann fliegen.

Franzi klatscht in die Hände und irgendwann muss ich sagen, bekomme ich doch Spaß daran. Und weil ich den Stern ja richtig herausfordern will, wünsche ich mir den toten Hasen wieder lebendig.

»Das ist gemein! Als ob er das kann. Die Wünsche müssen schon realistisch sein.«

»Ich dachte, er kann alles wahr machen?«, scherze ich und wünsche mir dann aber noch etwas Realistischeres als Schnee, damit Felix mit seinem Schlitten, den er sich gewünscht hat, auch fahren kann.

»Super! Sonst noch was?«, will Franzi wissen und ich sehe sie an.

»Oh ja, einen habe ich noch. Der hat es in sich«, sage ich und sehe sie an.

»Okay, was schreibst du drauf?«

»Orgasmus, ich will einen Orgasmus haben!« Sie sieht mich an.

»Du hattest noch nie einen Orgasmus? Also du bist noch nie beim Sex gekommen?«

Ich schüttle den Kopf.

»Beim Sex noch nie, ja, ich hab's mir schon selbst gemacht, klar, das funktioniert, aber beim Sex. Niemals.«

»Dann hast dich nicht wirklich wohlgefühlt oder du konntest nicht abschalten. Man muss einfach den Kopf ausschalten können.«

»Ja, und ich weiß auch nicht. Es war einfach noch nie dieses Gefühl da, von dem alle reden.« Ich räuspere mich. »Also lieber Stern, schick mir nicht nur tollen Sex, sondern einen inklusive Orgasmus.« Ich rolle das Papier zusammen, werfe es und sehe Franzi dann an.

»So, damit ist der Stern jetzt gut beschäftigt«, sage ich und sie lacht.

»Ja, das stimmt.«

»Was hast du dir denn alles gewünscht?«, frage ich und sie lächelt.

»Einen Kerl, der aussieht wie Ed Sheeran.« Ich lache.

»Ehrlich?«

»Ja, mal sehen, ob das klappt. Aber vermutlich ist der Stern jetzt mit deinen Wünschen schon sehr eingespannt.« Ich lache wieder.

»Das war lustig, aber jetzt fahre ich mal, ähm rolle das Rad«, sagt Franzi und ich schüttle den Kopf.

»Nein, du bleibst da, so lass ich dich nicht nach Hause fahren.« Franzi nickt.

»Ja, eigentlich hast du recht.«

»Du kannst dich in Felix' Zimmer legen oder aufs Sofa?«

»Das klingt gut, ich nehme das Zimmer.« Sie strahlt mich an. »Oh, mein Gott und weißt du was? Wir können morgen beide ausschlafen!«

»Ja!«, sagt sie.

Schließlich gehen wir ins Haus und ich zeige Franzi das Zimmer.

»Schlaf gut, und danke für den tollen Abend«, sage ich und wir umarmen uns.

Als Franzi im Bad verschwindet, atme ich tief durch und beschließe, noch eben die Flasche und die Gläser wegzuräumen. Als ich draußen stehe, muss ich grinsen. Das war doch ziemlich lustig. Auch wenn das ganze Zeug mit den Wünschen einfach nur bescheuert ist. Noch einmal blicke ich zu dem Stern. Der sicherlich denkt, wir sind nicht ganz bei Trost. Dennoch waren es ehrliche Wünsche. Auch wenn ich sie widerwillig aufgeschrieben habe. Doch Franzi hat recht. Tief in sich drin hat doch jeder von uns Bedürfnisse. Und einfach so denke ich an den fremden Kerl vom Bahnhof, der heute auch in der Bar war. Warum weiß ich nicht, aber irgendwie hat er schon anziehend auf mich gewirkt. Oh Gott, was denke ich da? Aber warum sollte ich es mir nicht einfach wünschen, ihn wiederzusehen?

Ich blicke erneut in den Himmel.

»Eigentlich will ich mir nichts mehr wünschen, weil ich weiß, dass das alles nicht klappt. Ja, aber der Fremde, der war auch echt scharf … na ja. Ich würde ihn vermutlich schon küssen, lieber Stern, aber wir wissen beide, dass du das nicht hinbekommst - nichts von alledem«, rufe ich jetzt und seufze.

Mit einem Mal funkelt der Stern hell und ich kneife die Augen zusammen. Ist das gerade wirklich passiert? So ein Unsinn. Sicherlich habe ich mir das nur eingebildet. Doch plötzlich höre ich eine Stimme und zucke heftig zusammen.

»Geht das jetzt jeden Abend so?« Die Stimme dringt durch die Nacht direkt in meine Brust. Oh nein, wer ist das? Von wo kommt die Stimme?

Oder habe ich sie mir nur eingebildet, doch dann fliegt einer der Papierbälle zu mir zurück und landet vor meinen Füßen.

Oh! Da ist also wirklich jemand. Außer es war der Stern. Wovon ich jetzt mal nicht ausgehe.

»Ähm, nein … also nicht wirklich«, sage ich und spüre, wie mir heiß wird. Denn derjenige, wer auch immer er ist, hat ja dann wohl auch alles mitbekommen, was wir geredet haben. Alles! Wie peinlich!

»Da liegen übrigens ganz schön viele von diesen Zetteln herum«, höre ich erneut die Stimme. Oh Mann.

»Ja, also Entschuldigung, ich, wie …«

»Orgasmus? Steht da wirklich Orgasmus?«, höre ich mit einem Mal erneut den Kerl und mir wird heiß.

»Was? Nein, bitte, lassen Sie das doch einfach liegen, es ist Müll …« Verdammt, wenn der jetzt wirklich jeden der Zettel, der bei ihm auf der Gartenseite gelandet ist, öffnet, sterbe ich.

Kurzerhand stehe ich auf und verlasse den Garten, um zu dem Kerl nebenan zu gehen.

Tatsächlich war mir das Haus bis dahin noch gar nicht besonders aufgefallen.

Jetzt als ich davorstehe, sehe ich eine große Tanne.

»Kann ich schnell reinkommen? Ich räume alles weg und dann kommt das nicht mehr vor, okay?«, rufe ich und hoffe auf eine Antwort.

»Meinetwegen«, antwortet die Stimme und ich schiebe das Türchen auf. Gerade als ich eintrete, zucke ich zusammen. Denn jetzt sehe ich, zu wem die Stimme gehört - nämlich zu dem Mann, der Felix gerettet hat. Den wir vorhin kurz in der Bar gesehen haben. Von dem ich mir eben einen Kuss gewünscht habe. Nein, das darf doch jetzt nicht wahr sein!

Ein heftiger Schauer jagt mir über den Rücken und wirbelt alles in mir durcheinander.

»Nein! Sie wohnen hier?«, frage ich und er lächelt leicht.

»Ja, offensichtlich.« Nein, das durfte doch nicht wahr sein!

»Ähm, ja, okay, also Entschuldigung. Ich sammle das alles auf«, sage ich und fange an, mich nach den Zetteln umzusehen. Aber ich sehe keine.

»Also, da ist ja gar nichts mehr?« Er schüttelt den Kopf.

»Nein, hab ich schon aufgesammelt. Sehr interessant, muss ich sagen. So wie ihre Gespräche.« Ich sehe zu ihm und in der Hand hält er sicher zwei, drei meiner Zettel.

Mist, Mist, Mist.

»War nur Spaß, mehr nicht … Ich wollte dem Wunschstern Wünsche schicken, na ja, ihn herausfordern oder so. Widerwillig, aber egal …« Okay, sicher hält er mich jetzt für noch verrückter. Aber so ist es eben.

»Ah, und der Stern sollte also einen Orgasmus schicken? Ein Café? Liebe, tollen Sex …«

Als er den Satz ausspricht, frage ich mich nur noch, wo der nächste Erdboden ist, in dem ich versinken kann.

»Na, dann hoffe ich mal, der Stern erhört die Wünsche.« Jetzt grinst er auch noch, und zwar ziemlich schelmisch … oder anzüglich? Ich weiß es nicht; es ist wohl eher belustigt.

»Ja, wir werden sehen«, sage ich jetzt und er grinst weiter. Ich denke daran, was Franzi über ihn gesagt hat. Wahrscheinlich kommt ihm das jetzt entgegen. Und er will mal wieder seine Hilfsbereitschaft zeigen? Am Ende will er mich in seine Liebeskammer einladen.

Einen Moment sieht er mich ziemlich intensiv an. Irgendwie *sehr* intensiv. Dann mustert er den Spitzenbody, der unter meiner warmen Jacke hervorblitzt.

Schnell ziehe ich die Jacke enger und er lacht.

»Wow, wow, wow, also, nein. Vergiss es, also nein!«

Er hebt eine Augenbraue. »Ähm, was meinst du?«, fragt er nach.

»Wie du mich gerade ansiehst, nein, nein. Ja, ich wirke durchaus verrückt. Und natürlich mache ich dir gar keinen Vorwurf, dass du wahrscheinlich genau das von mir denkst. Erst verliere ich fast mein Kind, dann jammere ich dir die Ohren voll von wegen neues Leben und so und dann siehst du auch noch diese verrückten Wünsche von mir. Und hörst das mit dem Kuss. Aber deswegen bin ich noch lange nicht so hilfsbedürftig, dass du das nutzen kannst … also …« Verdammt, was tue ich da bitte?

»Also ich weiß nicht wie du darauf kommst, aber du hast gesagt, du würdest mich gern küssen. Dem Stern hast du es gesagt …«

Wieder grinst er.

»Ja, also. Das war geheim zwischen dem Stern und mir. Und das jetzt gegen mich zu nutzen, ist supergemein. Ich wusste ja nicht, dass du dasitzt und mich belauschst. Ich habe eben kurz meine Bedürfnisse geäußert. Weil ich nicht nur eine Mutter bin, sondern auch eine Frau, eine die jetzt getrennt lebt und neu anfängt und sich da erst mal zurechtfinden muss. Und die ihrem Sohn ein gutes Leben bieten will. Und seine Wünsche wahr machen will, einen Schlitten zum Beispiel. Auch wenn ich nichts kann. Außer backen vielleicht. Oder vielleicht auch nicht. Aber es macht mir Spaß und … Und das mit dem Küssen war ein geheimer Gedanke. Auch das mit dem Orgasmus war geheim …« Was tue ich da? »Oh Mann, ich sollte jetzt echt gehen, weil das hier gerade das Peinlichste ist, was ich je in meinem Leben erlebt habe. Bis auf die Geburt, so fast nackt dazuliegen, war auch nicht besonders toll, aber was rede ich da …«

Mist, Mist, Mist …

Der Kerl kommt nun näher heran und sieht mich an.

Sein Lächeln ist irgendwie warm und sexy. Verdammt.

»Also, wenn man sich was wünscht, dann sollte man auch versuchen, sich das, wonach das Herz sich sehnt, zu erfüllen. Und wenn du willst, dann nur zu, ich biete mich an«, sagt er mit einem Mal und ich sehe ihn an.

»Was? Dich zu küssen?«

»Ja, küss mich …«

Oh mein Gott.

»Ist das jetzt dein Ernst?«

»Ja, warum nicht? Anscheinend wollte der Stern ja, dass ich deinen Wunsch höre. Und du willst mich küssen.«

Warum nicht? Da würden mir gerade einige Gründe einfallen. Und von wegen, als ob der Stern da wirklich seine Magie im Spiel hat. Aber …

Er lächelt. Mmm. Es ist verrückt, aber so ein Kuss wäre doch eigentlich wirklich nicht schlecht und …

Was denke ich da?

»Also, du meinst, wenn man sich was wünscht, dann sollte man es einfach machen? Verstehe ich das richtig?«

Er nickt.

»Na ja, schon. Warum nicht?«

»Weil es dann kompliziert ist und so …«

»Ach ja? Inwiefern?«

»Na ja, wenn ich dich jetzt küsse, dann wird es bestimmt kompliziert …«

»Meinst du?«

»Ja, schon, wobei ich will ja nur mal sehen, wie es ist, und …«

Und dann, während ich noch versuche, tausend Gründe dagegen zu finden, gibt er mir den einen

Grund dafür. Er beugt sich näher zu mir heran. Okay, er ist *wirklich* sexy. Und dann ohne weiter nachzudenken, küsse ich ihn auf die Lippen. Kompliziert hin oder her, gerade ist es mir egal. Und als ich seine Lippen schmecke, weich, warm und heiß, ist es mir noch viel mehr egal. Denn es fühlt sich einfach nur gut an. Zumindest ganze zehn Sekunden, bis mein Hirn wieder mit Sauerstoff versorgt wird.

»Oh, Entschuldigung, das war bescheuert.« Ich trete zurück und er lächelt.

»Also so schlimm fand ich das jetzt nicht. Und kompliziert ist noch nichts, oder?«

»Nein, bisher nicht. Aber komisch, oder?«

Er hebt eine Braue. »Komisch? Ach was, nicht von mir aus …«, sagt er und dann beugt er sich noch mal vor und küsst diesmal mich.

Verdammt und es fühlt sich gut an. Viel zu gut.

Aber das darf doch nicht sein, oder? Aber es ist so. Mein Herz klopft, rast und ich … schmelze dahin.

»Das ist der Stern, oder?«, frage ich, als wir uns voneinander lösen.

Der Kerl lacht. »Vielleicht hat er sich ja was dabei gedacht?«

»Also, ja, vielleicht. Aber ich will nicht, dass Sie – *du* denkst, ich … wobei … ich meine, man kann sich ja auch mal leiten lassen, und …« Wieder legen sich unsere Lippen aufeinander. Und dann wieder und wieder …

Oh mein Gott, es fühlt sich so gut an.

KAPITEL 7

Puderzuckersturm, irgendwie gefällt mir das

»Nein, nicht dein Ernst? Der Kerl wohnt neben dir? Der aus der Bar, der aus der Stadt, der hilfsbereite Handwerker …«, fragt Franzi, als wir am Morgen zusammen auf dem Sofa sitzen. Wir haben beide zwei dampfende Tassen Kaffee vor uns stehen, was wirklich guttut. Tatsächlich habe ich geschlafen wie ein Stein und es ist schön, einfach mal entspannt die Ruhe des Morgens zu genießen. Meine Mutter hat zudem geschrieben, dass sie noch mit Felix basteln will und er gern noch mal bei ihr bleiben kann.

Felix war damit einverstanden, weswegen ich einfach den Tag noch genießen soll. Was ungewohnt ist, aber einfach toll. Weil es mir nach der Zeit auch guttut, mal abzuschalten. Und nachdem, was war, sowieso. So recht glauben kann ich nämlich noch immer nicht, was in der Nacht passiert ist.

»Ja, der! Und ich habe mich einfach nur blamiert. Als du im Bett warst, hab ich noch mal mit dem Stern geredet. Was schon total schräg ist. Und dann war der Kerl auf einmal da.«

»Du hast noch mal mit dem Stern geredet?« Franzi lacht und ich nicke.

»Ja, es war wirklich zu viel Wein gestern.«

Sie reibt sich die Schläfe. »Oh ja, aber es war superlustig. Aber erzähl weiter.«

Ich berichte Franzi jetzt alles ganz genau, dass er mich gehört hat, dass er meine Wünsche angesehen hat und ich sie wieder holen wollte und dass ich ihn dann geküsst habe. Lustig! Und das nur, weil er die Zettel gelesen hat. Franzi lacht erneut, aber mir ist das Ganze echt nur unangenehm. Jetzt so bei nüchterner Betrachtung.

»So lustig ist das nicht! Der denkt, ich bin nicht ganz richtig im Kopf«, sage ich und rühre dabei in meinem Kaffee herum. »Ich meine, welche erwachsene Frau schmeißt bitte Wunschzettel in die Luft, um sie einem Stern zu schicken? Und dann auch noch mit *solchen* Wünschen? Und küsst den Kerl dann auch noch, der sie auffängt. Einen Fremden?«

»Na ja, also bis auf den Kuss war ich auch mit dabei.«

Jetzt lachen wir beide, weil es ja irgendwie auch komisch ist.

»Wow, wirklich. Du hast ihn echt geküsst? Mal ehrlich, der Stern hat es drauf.«

»Quatsch. Als ob er was damit zu tun hat. Das glaub ich nicht …«

»Nun mir kommt es schon so vor. Mal ehrlich, als ob das ein Zufall ist. Der Stern, der dir die Wünsche entlockt, und dann passiert so was?«

Ich lache.

»Na mal sehen, wenn all das andere jetzt noch in Erfüllung geht, glaube ich vielleicht daran.«

»Ich bin gespannt«, sagt sie und streckt sich.

»Und müde, ich bin echt im Eimer. Ich muss jetzt noch ne Runde schlafen.«

»Oh ja, ich auch! Ich muss auf alle Fälle auch noch etwas ausspannen - fernsehen, baden und die freie Zeit noch daheim genießen. Ich bin echt froh, dass Mama Felix noch bei sich hat.«

»Ja, geht mir auch so mit Nika, aber das haben wir uns verdient«, sagt Franzi und steht auf. Wir verabschieden uns und verabreden, später zu telefonieren. Als sie weg ist, atme ich tief durch. War das wirklich kein Zufall? Hat am Ende der Stern wirklich was damit zu tun? Vermutlich nicht, aber dennoch werde ich das mal im Auge behalten.

Wobei ich erst mal die Augen schließe, nachdem ich mir ein Bad eingelassen habe. Weihnachtstraum mit dem Duft nach Mandeln und Nelken. Ich liebe es, als mich das Aroma umhüllt. Ich habe mir Kerzen angemacht und einen Tee. Herrlich. Mit einem Hörbuch auf den Ohren liege ich also im weichen Schaum und versuche, mich zu entspannen. Bis mir echt warm wird. Zudem es mir nicht so leicht fällt, wirklich abzuschalten. Das Ganze war doch ziemlich verrückt.

Ich wickle mich dann in einen Bademantel ein und lege mich aufs Sofa. Na schön, was mache ich jetzt? Ich muss mal runterkommen.

Und als ich so daliege, kommt mir eine Idee.

Ich könnte backen. Warum nicht? Ich habe Zeit, habe die Maschine und Zutaten habe ich auch noch im Haus. Und ich denke an das Rezept von neulich, das ich im Traum gesehen habe. Wer weiß, vielleicht schmeckt es ja. Und so stehe ich auf und lege los. Ich bin gerade voll in meinem Element, weihnachtliche Musik läuft, als ich irgendwann ein immer wiederkehrendes Klingeln höre. Ups, ob das Felix ist? Ich habe mich total verloren und die Zeit vergessen. Was auch daran liegt, dass ich ja nicht drauf achten musste. Aber vielleicht wollte er doch schon wieder zu mir. Ich drehe die Musik leiser, *Mariah Carey* mit *All I Want For Christmas* läuft gerade in Dauerschleife und ich liebe es, laut mitzusingen. War da wirklich was oder hab ich mir das nur eingebildet? Ich lausche.

Jetzt ist es still, doch dann läutet es erneut. Oh weh. »Moment, ich komme!«, rufe ich, denn in diesem Moment klingelt auch der Timer auf meinem Handy. Mist, was jetzt? Ich muss die Plätzchen aus dem Ofen holen, sonst gehen sie mir kaputt. So gehe ich also zuerst zum Ofen und öffne ihn. Heiße Luft schlägt mir entgegen und ich verbrenne mich am Blech. Mist! Doch das Klingeln der Tür holt mich wieder in die Realität. Ich lasse den Ofen geöffnet und laufe zur Tür, öffne sie und zucke zusammen. Vor mir steht Felix' Retter – und ich habe nur einen Bademantel an.

»Oh!«, sage ich und sehe ihn an.

»Ähm, sorry, ich wollte nur mal nachsehen, ob alles okay ist?«

Warum sollte den bitte nicht alles okay sein?

»Ähm, ja warum nicht?«, antworte ich also und er streicht sich durchs Haar.

Mist, sofort denke ich an den Kuss, *die Küsse.*

»Na ja, die laute Musik und …«

Ach bitte, ist er jetzt so einer, der sich dauernd wegen allem Möglichen beschwert?, denke ich und sehe, wie er mich mustert.

»Ja, so laut war sie jetzt auch wieder nicht«, sage ich und er grinst.

»Schicker Mantel. Schneit es bei dir im Haus? Deine Nase ist ganz weiß.«

Oh nein, ich will augenblicklich von einem Schneesturm verschluckt werden!

»Der ist schon alt und nein, ist eher ein Puderzuckersturm. Ich backe Plätzchen. Einige sind schon fertig und gepudert …«

»Ach so, stimmt ja. Das Einzige, was du kannst, oder wie war das?«, fragt er und ich rolle mit den Augen.

»Sehr lustig!«

»Also tut mir leid, dann ist ja anscheinend alles in Ordnung. Es war nur so laut und dieses Gejaule – ich habe mir Sorgen gemacht …«

Ich lache. »Das Gejaule war Mariah Carey zusammen mit mir im Duett«, erkläre ich und er lacht nun ebenfalls. Dann sieht er mich an.

»Nun, okay, also – wenn ich ehrlich bin, eigentlich bin ich wegen was anderem da und das war nur ein Vorwand …«

Jetzt bin ich aber gespannt.

»Okay, und wegen was?«

»Ähm, ich hab da was für deinen Kleinen, falls du ihn gebrauchen kannst. Es soll ja bald schneien und vielleicht freut er sich. Ich habe ihn heute beim Aufräumen entdeckt.«

Er tritt auf die Seite und ich sehe einen Schlitten.

»Oh, aber das musst du uns doch nicht schenken! Das ist echt total nett von dir!« Ich bin wirklich überrascht und ein bisschen überwältigt.

Er nickt. »Kein Ding, ich fahre ja nicht damit«, sagt er und grinst. »Und du meintest gestern, er wünscht sich einen, beziehungsweise habe ich es gelesen.«

Ich lächle, freue mich und bin gleichzeitig peinlich berührt, weil mir wieder einfällt, was ich noch alles gesagt habe und was wir gemacht haben.

»Danke, ist echt nett von dir und ... wegen gestern: Eigentlich ganz gut, dass du da bist. Mir ist das alles so peinlich. Also auch das mit dem Kuss und so ... ist echt nicht meine Art, also eigentlich. Wobei ich das ziemlich oft zu dir sage. Was es noch peinlicher macht.«

»Muss es nicht, wirklich. Und das mit dem Kuss – alles gut, war nicht wirklich schlimm. Ich habe es dir ja angeboten.«

Ich lache. »Das stimmt, na schön, also danke, war nett.«

Er grinst.

»Und wie ist der Start ins neue Leben bisher? Dachte, ich frag mal nach. Darüber haben wir ja nicht geredet. Also du hast schon einiges geredet, aber ...«

»Ja, also ganz okay. Felix findet sich gut zurecht und ist gerade noch bei seiner Oma, nicht dass du denkst, gestern Abend war er allein und niemand passt auf. Weil ich doch weg war und …« Oh Mann, ich tue es schon wieder.

Unsere Blicke versinken einen Moment ineinander.

»Das hab ich nicht geglaubt. Und zudem geht es mich auch nichts an. Du musst dich nicht rechtfertigen. Und ich bin nur froh, dass ich helfen konnte … also … mit dem Schlitten und so.«

Und so. Ja, das denke ich mir schon, Mister Hilfsbereit.

»Ähm, eines noch wegen der Hilfe und des Wunsches: Ich hatte ja schon sehr wohl einen Orgasmus, nur noch nicht bei einem Mann. Nur damit das geklärt ist. Auch wenn es echt egal ist …«

Er hebt beschwichtigend die Hände.

»Ich sag doch nichts. Wirklich. Und so genau wollte ich es nicht wissen.«

»Ja, also, ich wollte es eigentlich auch nicht so genau sagen …«

Mist, wie peinlich war das denn schon wieder?

»Gut.« Wieder lächelt er leicht und irgendwie kann ich nicht anders, als auf seine Lippen zu starren. Wie weich sie wieder aussehen. Und sofort denke ich wieder, wie es war, sie zu fühlen und …

Stopp, stopp, stopp! Was sind denn das für Gedanken? Wobei, ich soll mir doch nehmen, was ich will. Dann schiebe ich den Gedanken aber beiseite. Vielleicht weil er das mit vielen macht, vielleicht weil er doch ein Aufreißer ist … egal.

»Also dann, noch viel Spaß beim Jaulen und Backen.«

Ich lache. »Ja, danke, sie sind ja schon fertig. Ähm, willst du einen probieren?«, frage ich und schüttle meine Hand - tatsächlich spüre ich jetzt doch den Schmerz der leichten Verbrennung.

»Oh. Was ist passiert?«, fragt er. Der Fleck der Verbrennung an meiner Hand ist etwas rot.

»Ach das? Nichts Wildes. Ich habe mich nur eben etwas verbrannt, als ich das Blech rausholen wollte.«

Doch ehe ich etwas tun kann, nimmt er meine Hand und sieht sich die Verletzung an.

»Das hättest du gleich kühlen sollen. Oder warte.«

Jetzt erst fällt mir auf, dass er eine Art Arbeiterhose anhat. Er greift in eine der Taschen und zieht daraus ein Gel und reicht es mir.

»Einfach einen klein bisschen davon auftragen.«

Ich nicke dankend, er schraubt die Tube auf. Gibt einen Klecks auf die Wunde und ja, es fühlt sich gleich besser an.

»Besser?«

»Ja, vielen Dank. Du bist ja auf alles vorbereitet, hm?«

Er grinst. »Ja, ich helfe immer gern, wenn ich kann.«

»Ähm, danke und mein Angebot steht, ich kann dir zum Dank ein Plätzchen anbieten - frisch gebacken. Und nachdem du mein Kind gerettet hast und ich dich so überfallen habe, ist das wohl das Mindeste.«

Er lacht. »Stimmt und dann wäre da noch das Gejaule und die Verschmutzung meines Gartens.«

»Okay, du bekommst zwei Plätzchen«, sage ich lachend und er folgt mir ins Innere des Hauses und ich deute auf die frisch gebackenen und gepuderten Plätzchen.

»Ist aber ohne Gewähr. Ich versuche mich gerade wieder daran, und das Rezept hab ich im Traum gesehen. Oh Mann, ich rede zu viel, also …«

Er nickt und nimmt sich eines der Plätzchen vom Teller.

Er beißt in das Gebäck und mit einem Mal sieht er mir tief in die Augen.

»Also wow, ehrlich, die schmecken unglaublich gut. Du kannst wirklich backen.«

Zufrieden lächle ich. »Danke. Das freut mich wirklich sehr. Wie gesagt, das Einzige, was ich kann.«

Er nimmt noch einen Bissen und dann stehen wir wieder da.

»Nun, ich finde, küssen kannst du auch«, sagt er mit einem Mal und ich werde rot.

»Oh, danke«, sage ich. Dann sehen wir uns eine Weile an.

»Weißt du, was mir gerade klar wird?«, fragt er und räuspert sich. »Ich weiß gar nicht, wie du heißt.«

»Stimmt! Ich bin Lene.«

»Josh«, sagt er und plötzlich liegt da mit einem Mal wieder etwas in der Luft.

Er tritt zu mir heran und streicht mir über die Nase.

»Der Zucker«, erklärt er und mein Herz klopft ziemlich heftig.

Verdammt warum riecht er nur so gut? Zwischen uns flirrt die Luft. Aber das ist doch bescheuert, oder?

»Also dann, danke und …« Ich will in Richtung des Ofens gehen, doch mein Bademantel verhakt sich an einem der Schränkchen und keine Sekunde später stehe ich nackt vor ihm.

»Oh Gott, oh Gott! Ich … Das tut mir leid! Ich …«

Er geht auf mich zu und schließt den Schrank lachend.

»Du bist echt eine Chaotin, kann das sein?«

»Manchmal vielleicht«, sage ich und unsere Blicke finden sich erneut.

»Irgendwie gefällt mir das.«

Hat er das gerade wirklich gesagt? In meinem Bauch kribbelt es.

»Hab ich das jetzt gesagt?«, fragt er nun selbst und ich nicke.

»Ja, aber das sagst du jetzt nur, weil du mich nicht kennst …«

Er grinst.

»Na ja, ein bisschen was weiß ich schon von dir. Wie zum Beispiel …«

Ich halte ihm die Hand vor den Mund. »Bitte sags nicht!«

Er lacht und ich lasse die Hand wieder sinken. Langsam.

Noch immer sehen wir uns an. Und dann – es ist diese kleine Sekunde. Dieser winzige Augenblick, in dem das Kribbeln und die energetische Luft irgendwie alles zum Laufen bringen. Vielleicht ist es diese Magie, die wir uns nicht erklären können. Diese, in der sich zwei Menschen anziehen wie ein Magnet. Dieser Moment, wenn sich alles verbindet wie die Zutaten eines Teiges, wie das Zusammenspiel der Elemente. Wenn der erste Schnee fällt.

Noch ein Blick und dann legen sich unsere Lippen einfach so und stürmisch aufeinander und ich spüre seinen Mund erneut auf meinem. Okay, wie verrückt ist das bitte?

Vor Aufregung droht mein Herz zu zerspringen. Unser Kuss ist zärtlich. Samtig zart streichen seine Lippen jetzt über meine und … das darf doch nicht sein! Mein nervöses Herz macht einen Ruck, hebt ab und fällt dann wieder in meinen Brustkorb zurück. Während sich unser Kuss weiter vertieft. Der Duft des Gebäcks um uns herum. Die Hitze, die der Kuss auslöst. Ich schmelze einfach so dahin und so lasse ich es auch zu, dass seine Hände zu meiner Taille hinabwandern. Mein Herz bebt und ich spüre seit einer Ewigkeit wieder meinen Körper. Ich spüre endlich wieder diese Art von Gefühlen seit einer wirklich langen Zeit. Und es ist gut. Sehr gut.

KAPITEL 8

Was Handwerker heutzutage alles dabei haben

Schwer atmend liege ich neben Josh. Oh mein Gott, wie konnte das nur passieren? Und das mitten am helllichten Tag?

Ich sehe ihn wieder an. Diese Augen. Dieser Duft. Diese Lippen … Ach verdammter Puderzucker.

Es war viel zu gut.

»Alles okay?«, will er wissen und ich nicke.

»Ja, schon …«

Er lächelt und erneut finden sich unsere Blicke.

Die Haare stehen ihm wirr vom Kopf ab. Und dieser Oberkörper … Ich muss zugeben, ich habe noch nie mit einem Mann geschlafen, der so einen unglaublich durchtrainierten Körper hat. Was mir ja auch egal ist, aber na ja, wenn er da ist, hab ich jetzt auch nichts dagegen.

Ich streiche mit meinen Fingern über seine Haut und die Erhebungen.

»Du isst sonst nicht viel Plätzchen, oder?« Jetzt lacht er.

»Wenn sie gut sind, schon.«

»Dann hast du bisher nicht so viel gute Plätzchen gegessen, oder?«

Er lacht und ich sehe seine Lippen an. Sie haben so gut geschmeckt und was er sonst mit mir angestellt hat - verrückt, verrückt, verrückt!

»Ich habe noch nie mit einem Mann geschlafen, der solche Dinge mit mir angestellt hat«, sage ich jetzt auch noch und er grinst.

»Das ist ein Kompliment, oder?«

»Ja, absolut!«, sage ich und spüre sofort wieder diesen heißen Schauer durch mich hindurchfahren.

»Ich fand es auch sehr schön … Unerwartet, aber schön …«

Verlegen streiche ich mir eine Haarsträhne hinters Ohr.

Er kommt näher zu mir und meine Augen hängen erneut an seinen weichen Lippen. Ich kann meinen Blick einfach nicht von ihm lösen.

»Nun, aber für dich ist es ja sicher nichts Neues. Also du …«

Er lacht.

»Ich was?«

»Na ja, also, egal. Für mich war das jedenfalls neu und ich bin so eigentlich nicht. Das war nur dieser Stern. Ich sage es dir, er ist … ziemlich gewieft.«

Er lacht. »Du bist echt lustig.« Schon wieder dieses schiefe Lächeln. »Also, ich fand es auch wirklich schön und …« Keine Ahnung, was er sagen will, doch in diesem Moment klingelt es.

»Oh nein!« Ich sehe ihn an und er mich.

»Was?«

»Lene!« Und da höre ich schon die Stimme meiner Mutter von draußen ins Innere dringen.

»Das ist meine Mutter! Sie wird Felix bringen wollen. Oh nein! Schnell, wir müssen aufstehen und uns anziehen und du musst raus, du musst gehen«. Ich hüpfe aus dem Bett und suche meinen Bademantel, aber Mist, wo hatte ich den noch ausgezogen? Egal, ich öffne meinen Schrank und ziehe einen Pullover heraus, suche einen Slip und hüpfe in eine Jogginghose.

Dann sehe ich mich zu Josh um.

»Wo sind deine Sachen? Ah da!« Zum Glück sehe ich seine Hose am Boden liegen. Aber das Shirt und der Pullover?

»Lene! Bist du da? Sonst komm ich rein!«

»Hat sie einen Schlüssel?«, will Josh wissen und ich nicke.

»Ja, oh Gott, ja!«, sage ich, als mir klar wird, dass es so ist.

Josh hat bereits seine Hose an.

»Okay, ich gehe runter und du kommst dann einfach nach oder so? Keine Ahnung, was …«

Er lächelt. »Alles gut, mach dir keine Gedanken.«

Ich nicke und renne die Treppe herunter. In diesem Moment kommt Mama zusammen mit Felix schon rein.

»Hey, da ist ja mein Kleiner«, sage ich und drücke ihn. Meine Mutter wirft mir einen merkwürdigen Blick zu.

»Ist alles okay bei dir? Du wirkst etwas durcheinander.«

»Ah ich bin noch mal eingeschlafen und …« Nein, was redete ich da, ich bin nicht eingeschlafen, wie soll ich sonst Josh erklären?

»Also vorhin und dann hatte ich einen … ein …«

»Problem mit dem Strom. Deswegen bin ich hier!« Josh steht an der Treppe und winkt zu uns herunter.

»Alles wieder behoben«, sagt er und kommt zu uns.

»Ich bin Josh, der Nachbar«, sagt er zu meiner Mutter und sieht dann Felix an.

»Sie sind der Nachbar? Wirklich?«, fragt sie erstaunt.

»Japp, freut mich.«

»Und du bist Felix. Erinnerst du dich an mich?« Josh sieht ihn fragend an. »Am Bahnhof in Nürnberg, als du fast über die Straße gerannt bist.«

»Ja, der Scheißkerl!«, sagt er jetzt und mir bleibt fast die Luft im Hals stecken.

»Ähm, also nein … Das ist nicht richtig.«

Josh hebt eine Augenbraue. Mist!

»Das sagt man nicht!«, ermahne ich ihn.

»Oma hat das doch gesagt!«

Stimmt, da konnte ich jetzt nicht widersprechen.

»Ja, aber … wegen was anderem.«

Jetzt lacht Josh. »Nun, also der Strom geht jetzt jedenfalls wieder.« Meine Mutter grinst.

»Ach und Felix«, sagt Josh jetzt an Felix gewandt, »ich hab da was für dich. Müsste noch vor der Tür stehen.«

Felix sieht Josh fragend an, rennt dann aber schon zur Tür.

»Der Schlitten? Ist der für mich?«

»Ja, so ist es.«

»Was Elektriker oder Handwerker heutzutage alles dabei haben«, wirft meine Mutter einfach mal so in den Raum und ich nicke.

»Ja, beeindruckend, oder?«, sage ich und folge Felix, der sich unglaublich freut.

»Danke! Ich habe mir die ganze Zeit einen gewünscht!«

Josh lächelt. »Dann hab ich ja alles richtig gemacht. Schön, dass ich heute ein paar Wünsche erfüllen konnte.«

Sofort steigt mir die Röte auf die Wange.

»Ja, das scheint so«, sagt meine Mutter jetzt auch noch.

»Was es alles gibt«, sage ich jetzt auch noch und weiß gar nicht, warum mir so ein dämlicher Satz über die Lippen kommt. Wahrscheinlich, weil die ganze Situation so dämlich ist.

Felix zieht den Schlitten ins Haus und ich bin froh, dass Mama mit ihm ins Wohnzimmer geht.

Ich gehe zu Josh an die Tür.

»Dann verabschiedet sich der Scheißkerl mal«, sagt er und ich lächle verlegen.

»Tut mir leid. Habe ich nicht gesagt, sondern … meine Mutter und …«

Er nickt. »Alles gut. Also dann, es war schön …«

»Ja, war es, aber …«

»Aber?«

»Also, nur damit du es weißt: Ich bin da total fein damit. Also mit dem, was war. Das, was passiert ist, war gut und ich habe mir davon absolut nichts versprochen, falls du das meinst. Ich werde dir jetzt sicherlich nicht dauernd Kuchen oder Plätzchen oder so bringen. Ich weiß ja, wie beschäftigt du bist, und dass du sehr hilfsbereit bist.« Ich zwinkere ihm zu und er sieht mich fragend an.

»Okay …«

»Ja, aber danke für den Orgasmus. So sollten wir es halten …« Ich bin verloren! Was ist nur los mit mir?

»Gern geschehen und wenn du was brauchst, du weißt, wo du mich findest.«

Ein klitzekleines Lächeln kommt mir über die Lippen.

»Okay, dann hab noch einen schönen Tag!«

Dann schließt er die Tür endgültig hinter sich.

KAPITEL 9

Gefühlschaos

Dieser blöde Stern ist an allem schuld, Franzi, ich sage es dir. Was haben wir da nur getan?«

Sie lacht, als ich ihr alles erzählt habe und auch ich steige mit ein. Natürlich hat meine Mutter mir auch noch den ein oder anderen Blick zugeworfen, aber zum Glück nichts weiter dazu gesagt. Außer dass sie sich sicher ist, dass der Stromkasten nicht oben ist. Ich bin nicht weiter darauf eingegangen. Und nachdem Felix begonnen hat, den Schlitten anzumalen, und Mama gegangen ist, habe ich beschlossen, Franzi alles zu berichten.

»Das ist nicht meine Art, einfach so mit irgendwem im Bett zu landen. Ich habe es mir gewünscht, also die Sache mit dem Orgasmus, aber das ist doch verrückt?«

»Ja, aber es war gut, oder? Ich meine – der Orgasmus?«

»Leider ja!«

Sie kichert. »Leider? Also wirklich! Ist doch super! Ich sage es dir ja, der Stern hat es drauf.«

Ich rolle mit den Augen und seufze.

»Na ja, ich weiß nicht. Der Stern will mich in Chaos stürzen. Ich verhalte mich total daneben in seiner Nähe. Der denkt doch, ich bin völlig bescheuert. Jetzt mal im Ernst. Erst der Kuss am Abend zuvor, dann mein Lärm beim Backen, und dann passiert so was. Und dann kommen auch noch meine Mutter und Felix dazu. Und dann noch die Sache mit dem Scheißkerl und allem. Ich habe mir das alles gewünscht aus Spaß, aber ich wollte sicher kein Weihnachtschaos.«

Franzi verschluckt sich mittlerweile vor Lachen und ja – auch ich finde es ja schon lustig.

»Aber Liebe, schon mal daran gedacht«, sagt sie jetzt auch noch und ich räuspere mich.

»Ja, Liebe, also … ich weiß nicht.«

Oh Mann. Ich spüre, wie mir die Röte in die Wangen schießt. Ja, sie hat recht. Liebe habe ich mir auch gewünscht, aber das kann doch alles nicht sein. So was passiert mir doch nicht. Und nicht mit einem Kerl wie ihm.

»Ja, weißt du, was er für einen Körper hatte? Ich sage es dir …«, schwärme ich jetzt.

»Einen guten?«

»Ja, einen *sehr* guten! Ich könnte wirklich Schokolade auf seinem Bauch raspeln und damit hunderte Kuchen und Plätzchen backen.«

Sie lacht. »War das nicht auch einer deiner Wünsche? Oh Mann, ich bin neidisch. Ich will, dass der Stern sich auch um meine Bestellungen kümmert«, kichert sie und ich lächle.

»Und dann das totale Chaos haben?«

»Ach, dieses Chaos ist doch schön. Ich würde es einfach genießen. Ich meine, wer weiß, was daraus wird. Am Ende vielleicht die große Weihnachtsliebe.«

»Unsinn, er ist ein absolut scharfer Kerl und ich …«

»Und du bist eine tolle Frau«, sagt sie und ich seufze.

»Ja, ja, von wegen. Männer wie er verlieben sich nicht in Frauen wie mich. Mit Kind.«

Ich sehe zu Felix, der noch immer mit dem Schlitten beschäftigt ist. Und kurz klopft mein Herz heftig. »Das war wirklich so aufmerksam von ihm. Also, dass er den Schlitten mitgebracht hat«, sage ich jetzt einfach so und seufze.

»Siehst du, also hat er sich ja Gedanken gemacht. Und ich meine es ernst. Du bist eine tolle Frau, die weiß, was sie will. Jeder Mann kann sich da glücklich schätzen.«

»Ja, ja. Das ist lieb gemeint, aber ich bin da realistisch. Und hast du nicht gesagt, er ist ein Aufreißer, der sehr hilfsbereit ist?«

»Ja, aber keine Ahnung, ob das stimmt, ich weiß es nicht.«

»Mama«, ruft Felix und ich will mich jetzt auch mal ihm widmen, also sage ich Franzi genau das und wir beenden das Gespräch. Wir verabreden uns für den nächsten Tag nach dem Kindergarten. Ich lege das Handy weg und sehe Felix an.

»Ja, was ist los, mein Schatz?«

»Ich freu mich so! Können wir dem Mann vielleicht auch eine Freude machen?«

Wie süß ist das von ihm?

»Ja, also der Mann heißt Josh und er wohnt sogar nebenan.«

»Ehrlich?«

»Ja!«

»Wollen wir ihm was backen?«, fragt er und ich sehe ihn an.

Okay, hatte ich nicht gesagt, ich werde ihm jetzt nicht ständig irgendwelches Gebäck bringen? Auf der anderen Seite will Felix sich bedanken. Also was ist schon dabei? Ich sehe ihn an.

»Weißt du was? Das ist gar keine schlechte Idee!«

KAPITEL 10

Was hab ich mir dabei gedacht?

Zwei Stunden später stehe ich mit Felix vor Joshs Tür. Wir haben noch ein paar weitere Plätzchen nach meinem Traumrezept gebacken und sie verziert. Die Plätzchen haben wir in eine Dose gepackt und Felix lächelt mich an.

Wir haben bereits einmal geklingelt, aber bisher höre ich nichts.

»Vielleicht ist er nicht da«, sage ich und Felix nickt.

Doch dann nähern sich mit einem Mal Schritte der Tür. Sie wird geöffnet und Josh steht vor uns.

»Oh, hey«, sagt er und – verdammt noch mal – warum hat er kein T-Shirt an?

»Oh!«, sage ich und er lächelt. Ich tue es ihm gleich und mustere etwas zu auffällig seinen Körper. Das geht doch nicht!

»Tut mir leid, hab's jetzt erst gehört. Wenn ich trainiere, dann krieg ich nicht immer alles so schnell mit!«

»Alles gut. Felix wollte dir nur Danke sagen wegen des Schlittens und deswegen haben wir gebacken.«

Er lächelt und sieht Felix an. »Das ist aber sehr nett von euch«, sagt er und seine Augen suchen meine.

»Danke, da bin ich auf alle Fälle gespannt, wie sie schmecken.«

»Ich habe ihn schon angemalt!«

Josh sieht ihn an. »Den Schlitten?«

Felix nickt. »Find ich gut. Wie hast du ihn denn angemalt? Weihnachtlich?«

Felix strahlt. »Ja! Viele Sterne sind drauf.«

»Sterne sind super!«

Er grinst. »Ja, die Sterne haben es schon in sich.«

»Sie machen Wünsche wahr, meint Oma«, sagt Felix jetzt und ich verschlucke mich fast.

Josh grinst und ich reiche ihm die Dose.

»Das habe ich auch schon gehört, also danke! Wäre echt nicht nötig gewesen, aber ich freue mich.«

Ich nicke. »Und du wolltest noch was sagen, Felix?«

Er sieht mich mit seinen Kulleraugen an. »Ähm, danke?«

Ich sehe ihn noch mal an.

»Das andere, wegen Oma.«

»Ach so, du bist kein Scheißkerl!«

Jetzt lacht Josh. Oh Mann, er sieht schon echt gut aus.

Ich will gerade noch was sagen, als mit einem Mal eine helle Stimme durch das Haus dringt.

»Josh! Wo bleibst du? Weiter geht's!«

Er ist also nicht allein? Und »weiter geht's«? Was denn? Wobei ich es mir schon denken kann.

Und ehe ich mich versehe, steht neben ihm eine junge Frau mit hellen Haaren.

»Hallo«, sagt sie und sieht uns fragend an.

»Bin schon so gut wie da. Das ist nur meine Nachbarin. Sie hat Plätzchen mitgebracht. Selbst gebacken.« Sie sieht mich an und dann Felix.

»Sehr cool«, sagt sie und ich hebe die Hand.

Nur meine Nachbarin. Ja, natürlich ist es so, aber dennoch klingt es ernüchternd. Ich fasse mich schnell und winke ab.

»Oh, wir sind schon so gut wie weg. Wir wollten nicht stören. Also viel Freude mit den Plätzchen und auf eine gute Nachbarschaft«, sage ich und wende mich ab.

»Komm, Felix, wir gehen«, sage ich und er nickt.

»Also danke!«, sagt er noch mal an Josh gewandt.

»Gern geschehen, Kleiner«, höre ich Josh noch rufen. Aber spüre dennoch einen leichten Stich, der durch mich hindurchgeht. Aber was hatte ich denn auch bitte gedacht? Dass das der Beginn einer romantischen Liebesgeschichte ist? Weil der Stern der Wünsche ihn mir geschickt hat, oder was? Nein, das sollte ich mir mal schnell aus dem Kopf schlagen.

KAPITEL 11

Plätzchen, Bauchmuskeln und Café-Träume

Am Montag bringe ich Felix in den Kindergarten und ich bin froh, dass er es kaum erwarten kann. Er will allen von dem Schlitten erzählen und ich bin froh, dass er sich so wohl fühlt. In der Zeit wollte ich mir allgemein Gedanken machen, wie es jetzt mit mir weitergehen soll.

Franzi hat Nika schon abgeliefert und ich gebe nicht nur Felix, sondern auch noch den Vertrag, ein Bild von ihm und den ausgefüllten Bogen ab.

Noch ein Küsschen auf die Wange und dann ist er schon weg. Ja, ich hatte wirklich was anderes zu tun, als mir Gedanken über Josh zu machen. Oder irgendwelche Wunschsterne. Ich habe hier den Start in mein neues Leben und wichtig ist Felix. Und dennoch will ich unbedingt mit Franzi reden.

Mein Handy klingelt glücklicherweise, als ich gerade in meinem Auto sitze.

»Juhuuu! Mensch, jetzt haben wir uns gar nicht gesehen, ich bin schon auf den Weg auf die Arbeit.

Erzähl, wie war es noch? Hast du Josh noch mal gesehen?«

»Ja, gestern habe ich ihm noch mal Plätzchen gebracht, weil Felix sich bedanken wollte – ich habe sie nach einem Rezept gebacken, das ich im Traum gesehen habe.«

»Ehrlich? Wie?«

»Ja, in der ersten Nacht im Haus …«

»Das ist ja krass.«

»Ja, und wegen des Schlittens und stell dir vor, da war er nicht allein.«

»Wie er war nicht allein?«

»Na ja, eine Frau war bei ihm, eine wirklich hübsche Blondine. Also wird schon was Wahres an den Gerüchten dran sein. Ach was soll's? Es war gut, er war nett. Ich durfte Bauchmuskeln anfassen. Und ich hatte Spaß. Ich sollte mir da keinen Kopf machen.«

»Ja, das solltest du dir nicht, immerhin wurde ein weiterer Wunsch erfüllt und was noch kommt, wirst du sehen.«

»Ja, genau so ist es, nur ein weiterer Wunsch. Immerhin habe ich ja nicht gesagt, die zukünftige Liebe meines Lebens soll mir meinen ersten Orgasmus bescheren«, sie lacht.

»Da hast du recht.«

Ich atme tief durch. »Und außerdem habe ich echt andere Sorgen. Ich muss jetzt zum Beispiel mal überlegen, was ich beruflich machen soll. Ich fahre jetzt noch einkaufen und versuche mich mal an ein paar Rezepten. Vielleicht krieg ich da den Kopf frei und mir fällt was ein.«

»Ach herrje. Du bist lustig, eigentlich liegt es doch auf der Hand, oder?«

»Was meinst du?«

»Na du weißt doch selbst, was du dir gewünscht hast. Hm?«

»Du spielst auf das Café an? Ja, aber das ist doch unrealistisch.« Franzi lacht.

»So unrealistisch wie einen scharfen Kerl mit Bauchmuskeln, der dich …«

»Psst, sag nichts.«

»Okay, ich sage schon nichts mehr, aber ich komme dann später zum Testessen. Bis dann.«

»Ja, bis später«, sage ich und lege auf.

Als ich wieder zu Hause ankomme, schleppe ich die Tüten mit Einkäufen gerade aus dem Auto, hole den Schlüssel aus der Handtasche und will gerade nach den Tüten greifen, als ich ihn sehe. Josh. Oh Mann. Aber gut, wir wohnen eben nebeneinander.

Er wirkt beschäftigt, hat das Handy am Ohr und steht vor seinem Gartentor. Als er mich sieht, lächelt er.

»Hey!«, sagt er und ich winke.

»Hey …« Ich versuche, mir nichts anmerken zu lassen und beschäftigt zu wirken, was ich ja bin. Immerhin muss ich die Einkäufe noch ins Haus schleppen.

Also wende ich mich ab und greife nach der ersten Tüte und dann nach der zweiten. Schon schwer, aber ich schaff das schon. Mit dem Fuß stoße ich die Autotür zu und wuchte alles in Richtung Haustür. Als ich davor stehe, versuche ich, den Schlüssel irgendwie in die richtige Position zu drehen. Okay, ich könnte die Tüten ja auch abstellen. Aber …

»Soll ich dir helfen?«

Ich drehe mich um – etwas zu heftig und schon fällt mir eine der Tüten aus der Hand.

»Mist!«, kommt es mir über die Lippen und er lächelt.

»Der faule Esel trägt sich auf einmal zu Tode«, sagt er und ich räuspere mich.

»Ja, ja …«, antworte ich und gehe in die Knie, um alles wieder einzusammeln.

Josh ebenfalls.

»Oh, die nächste Backsession steht wohl schon?«, fragt er, als er den Zucker wieder in die Tüte packt.

»Jepp, ich möchte noch ein bisschen was ausprobieren. Und den Kopf frei kriegen.«

Er nickt. »Die Plätzchen waren übrigens sehr gut. Ich habe heute Morgen bereits die letzten gegessen.«

Ich sehe ihn an. Diese Augen! Verdammt.

»Ehrlich? Alle schon weg?«

»Oh ja.«

»Das freut mich«, sage ich, als wir alles wieder in der Tüte verstaut haben. Ich stehe auf und öffne die Tür. Und ehe ich etwas sagen kann, trägt Josh die Tüten schon ins Innere.

»Das musst du doch nicht«, sage ich, aber er geht einfach weiter bis zur Küche, wo er dann alles abstellt. Ob er denkt, dass gleich wieder was läuft? Da hat er sich nämlich geschnitten! Nicht nachdem ich … na ja, oder ist das nicht eigentlich egal. Dennoch will ich nicht eine von vielen Plätzchen sein. Was denke ich da bitte?

»So«, sagt er und sieht mich an.

»Alles okay?«

»Ähm, ja. Danke, sehr nett, wirklich. Aber jetzt komm ich allein zurecht.«

Er hebt die Hand. »Alles klar, ich bin schon weg, will dich nicht stören. Zudem hoffe ich ja auf etwas Nachschub.«

Ich rolle mit den Augen. »Wenn du zu viel Nachschub willst, dann wirst du aber ziemlich viel trainieren müssen.« Ich überlege kurz und sage dann noch: »Und ich wollte dich gestern nicht nerven. Es war Felix' Idee, dir was zu bringen, weil ich doch gesagt habe, du musst dir nicht denken, dass ich dir jetzt dauernd Gebäck bringe und so und dass ich dir womöglich nachstelle. Weil das tue ich nicht. Ich bin da ja auch realistisch und so.«

Er sieht mich mit einem Mal an und lacht. »Realistisch und so?«

»Ja, also dass du … nicht so viel Plätzchen isst. Wegen des Trainings.«

Er lacht. »Kein Problem. Ich habe mich gefreut und überhaupt: Wenn ich so leckeres Gebäck bekomme, trainiere ich gern mehr. Hab ich dir ja auch schon gesagt.«

Ja, das kann ich mir sehr gut vorstellen.

»Das glaub ich dir gern«, sage ich und merke, wie schnippisch ich klinge. Was ich eigentlich gar nicht will. Also zwinkere ich schnell.

Josh sieht mich fragend an.

»Alles okay?«

»Ja, ich meine wegen deiner Partnerin, da ist das Training ja sicher auch gut? Und effektiv?«

Er legt den Kopf schief. »Ach so, ja, klar, ist es«, sagt er nur.

Hatte ich also recht. Der hilfsbereite Josh. So, so. Ich meine, kann mir echt egal sein, aber zwei Frauen an einem Tag?

»Ist was?«, will er wissen.

Ich schüttle den Kopf.

»Nee, alles gut, ich muss jetzt mal backen und muss mich sortieren, mein Chaos, die Wünsche, du weißt schon«, sage ich und er lacht.

»Ja, ich weiß schon. Apropos Wünsche, vielleicht hilft dir das ja: Kennst du den Laden am Marktplatz?«

»Welchen? Der, der leer steht? Oder welchen meinst du?«

»Ja, genau der neben der Post. Wäre das nicht was für dich? Der Wunsch vom eigenen Café? So könnte er wahr werden?«

»Ja, stimmt, aber ich habe dafür keine Zeit wegen Felix und … na ja, es war nur ein Gedanke.«

»Aber ist doch ein schöner Gedanke, oder?«

»Ja, mal sehen.«

Unsere Blicke treffen sich, aber ich werde nicht dahinschmelzen, weil es keinen Sinn hat, weil ich … weil er … Ach egal. Weil es nicht kompliziert werden soll.

»Also, dann danke und wir sehen uns, ja?«

»Klar, und wenn du Hilfe brauchst, weißt du ja, wo du mich findest«, sagt er und dann verlässt er das Haus.

Träume sind auf alle Fälle der Anfang
zu allem. Und wer weiß, vielleicht soll
das alles so sein. Ich sage Ihnen mal was,
ab und an werden die Karten ganz
unerwartet neu gemischt.

KAPITEL 12

Zwischen Puderzuckerträumen und Sternenstaubwünschen

Die nächsten Tage backe ich viel und lenke mich ab. Zur Freude von Felix und Franzi sowie Nika, weil sie immer irgendwas frisch Zubereitetes vorfinden, wenn sie vom Kindergarten oder der Arbeit kommen. Auch Mama ist begeistert und hat bereits ein paar Plätzchen mit in die Praxis genommen.

»Alle lieben dein Gebäck«, sagt sie irgendwann und ich nicke.

Seit ich mit Josh in der Küche geredet habe, schleicht sich immer wieder die Idee mit dem Café in meine Gedanken. Kann ich das wirklich? Wäre es zeitlich möglich? Und ja, Wünsche – sie können nur wahr werden, wenn man selbst etwas wagt.

Irgendwann lässt es mich gar nicht mehr los und als ich Felix am nächsten Tag im Kindergarten abliefere, zieht es mich zum Laden.

Als ich so dastehe, klopft es heftig unter meiner Brust. Irgendwie fühlt es sich gut an. Als ob es so sein soll. Oh Mann, Lene. Übertreib nicht. Aber dennoch. Ein schönes Café könnte es schon sein. Man könnte es unheimlich süß und schnuckelig machen. Ach, ich verliere mich gerade. Ein Café besitzen … Es würde dem Marktplatz noch etwas mehr Charme verleihen. Ja, ein kleiner Traum wäre es schon, aber wenn ich ehrlich bin, einer der unsinnig ist - nicht umsetzbar.

Und mal ehrlich, Träume sind wie Puderzucker - süß, doch leider zerfallen sie oft, bevor man reinbeißen kann.

Und überhaupt kann ich mir doch nicht anmaßen, mein Gebäck wirklich zu verkaufen. Ob es gut genug ist? Ich wische die Gedanken beiseite. Es ist unsinnig. Es ist unmöglich. Oder? Ja, wahrscheinlich.

Ich wende mich gerade ab und will wieder zu meinem Auto gehen, als ich zusammenzucke.

Der Mann, den ich jetzt sehe, hat graue Haare und braune Augen und einen Drei-Tage-Bart. Auch er blickt in die Richtung des leer stehenden Ladens. Kurz treffen sich auch unsere Blicke, aber vielleicht bilde ich mir das auch nur ein. Doch als ich weg- und dann wieder hinsehe, sieht er mich an und lächelt.

Ob wir uns kennen? Ich weiß es nicht. Eigentlich denke ich nicht, dass ich ihn schon einmal gesehen habe. Dennoch ist da gerade etwas zwischen uns passiert. Manchmal trifft man Menschen und man spürt für einen kurzen Moment diese Verbundenheit, eine die man sich nicht erklären kann. Aber vielleicht fragt er sich auch nur, warum ich so zerzaust aussehe, und findet das amüsant. Denn ich habe meine Haare heute Morgen nur zu einem unordentlichen Dutt zusammengeknäult, trage eine Jeans, die warme Jacke und darunter einen Pullover. Also unspektakulärer geht ja wohl nicht. Ich wende mich also ab und will gerade in Richtung zu meinem Auto gehen, als ich erneut überrascht werde. Theodor steht vor mir. Ach, nicht der schon wieder! Der hat mir echt gerade noch gefehlt.

»Lene, na so sieht man sich schon wieder«, sagt er und ich nicke.

»Jepp, wie geht's Daniela? Alles gut?«

»Nun, ja, wie das Leben halt so ist. Du, ich muss dich unbedingt mal was fragen. Etwas, das mich nicht loslässt, wegen damals …«

Ich sehe ihn an und weiß nicht, was ich sagen soll. Was ist los mit diesem Kerl? Echt jetzt? Und mal ehrlich, woher nehmen solche Menschen wie er zudem dieses Selbstvertrauen? Ich brauche noch einen Moment, um mich zu fangen, ehe ich sage, was mir tatsächlich auf der Zunge liegt.

»Und was soll das sein?«, kommt es mir schnippisch über die Lippen.

Er sieht mich an. Und zwar ziemlich ernst. »Ja, ich mein ja nur, du und ich und … mein Angebot mit dem Kaffee steht! Ich hab das so im Gefühl, dass es dir geht wie mir. Hast du es nicht gemerkt? Ich habe jedenfalls gehört, dass du na ja …«

Bitte was? Ich bin noch ganz überfordert, als …

»Hey, da bist du ja! Ich habe schon auf dich gewartet.« Der Mann, der eben noch am Laden stand, steht auf einmal neben mir und sieht mich an. Und die Worte, wie er sie ausspricht, irgendwie klingen sie so, als ob er es ernst meint, obwohl das ja nicht so sein kann, oder?

»Ach, tut mir leid, oder störe ich?«, will er wissen, blickt zu Theodor und dann zu mir.

Schnell schüttle ich den Kopf. Er stört so ganz und gar nicht. Er ist eher ein Retter in der Not!

»Nein, gar nicht. Theodor, du entschuldigst mich bitte. Kannst mich ja das nächste Mal fragen, was dir auf dem Herzen liegt.« Oder du kannst es auch für immer lassen.

Ich gehe mit dem Mann zurück in Richtung des Ladens.

»Ich hatte so das Gefühl, er ging Ihnen auf die Nerven. Immer dieses Dorfgetratsche«, sagt er jetzt, als Theodor in Richtung Rathaus weitergegangen ist.

»War das so offensichtlich?«, will ich wissen und er nickt.

»Also für Theodor, den alten Lump wohl eher nicht, aber für mich ja.«

»Nun, jedenfalls danke.« Lump hat er ihn genannt. Gefällt mir!

»Gern geschehen«, sagt er und lächelt leicht.

Eine Weile sehen wir uns an. Dann räuspere ich mich. »Ich mach mich dann mal auf den Weg. Also noch mal danke schön für die Rettung. Kam wirklich wie gerufen«, sage ich und er lächelt.

»Gern geschehen«, antwortet er.

Ich wende mich gerade ab, als ich seine Stimme erneut höre.

»Der Laden«, ruft er mir hinterher und ich drehe mich um.

»Ja? Was ist damit?«

»Sind Sie denn interessiert?«

Ich lächle. »Wie kommen Sie darauf?«

»Menschenkenntnis.«

»Ach ja?«

»Ja, Sie haben so ausgesehen, als wären Sie in Gedanken schon dabei, ihn einzurichten.«

Ich lächle. »Nun, träumen wird man ja dürfen. Aber na ja.« Ich zucke mit den Schultern. »Mit Träumen allein kann man sicher nicht irgendwelche Läden mieten. Auch wenn ich im Moment oft daran denke, was wohl daran liegt, dass ich wieder hier bin und … Frau Friedl, haben Sie sie gekannt? Ich wohne in ihrem alten Haus. Früher haben wir auch ab und an zusammen gebacken und gerade tue ich es wieder, aber …« Was rede ich denn da schon wieder vor mich hin?

Er nickt und grinst mich nun an. »Sie gefallen mir. Wirklich. Aber wissen Sie, Träume sind auf alle Fälle der Anfang zu allem. Und wer weiß, vielleicht soll das alles so sein. Ich sage Ihnen mal was, ab und an werden die Karten ganz unerwartet neu gemischt«, sagt er. »Und na ja, bald ist Weihnachten und in der Winterzeit zwischen Puderzuckerträumen und Sternenstaubwünschen geschehen ja so einige Wunder und Wünsche werden wahr.«

Irgendwie hat er das süß gesagt.

»Ja, mal sehen«, sage ich und räuspere mich. Was haben nur immer alle mit den Weihnachtswundern? »Ich wünsche Ihnen jedenfalls einen wunderschönen Tag.« Er lacht. »Ich Ihnen auch, aber ich bin sicher, Ihr

Tag wird noch schön werden«, sagt er jetzt und ich sehe ihn fragend an.

»Ach ja? Woher wissen Sie das denn?«

»Das ist so ein Gefühl, Lene.«

Ich lache. Aber dann fällt mir auf: Woher kennt er meinen Namen? Ich sehe ihn an.

»Woher wissen Sie …«

Er sieht mich an, mit einem durchdringenden Blick. »Ich weiß alles und Ihr Gebäck ist wunderbar«, sagt er nur.

In der Winterzeit zwischen
Puderzuckerträumen und
Sternenstaubwünschen geschehen ja so
einige Wunder und Wünsche werden wahr.

KAPITEL 13

Ein überraschendes Angebot

Mein Gebäck ist wunderbar. Woher weiß er das bitte? Denke ich, als ich gerade zu Hause ankomme – zumindest, bis mein Handy klingelt und ich sehe, dass meine Mama anruft.

»Hey Mama, alles gut?«, frage ich, als ich das Gespräch annehme.

»Ja, alles sehr gut. Liebes. Könntest du mal eben so lieb sein und nach vorne zur Marktgemeinde kommen?«

Echt jetzt? Ich bin doch gerade erst von dort gekommen.

»Mama, ich bin doch eben erst hier angekommen und …«

Sie hüstelt. »Ja, ja, ja«, sagt sie und ich rolle mit den Augen.

»Was ist denn? Sag schon«, bitte ich sie und will wirklich wissen, was meine Mutter schon wieder ausgeheckt hat.

»Nichts«, sagt sie und ich lache.

»Na, dann muss ich auch nicht kommen. Wie gesagt, ich bin gerade erst heimgekommen und ... Um was geht es denn?«, will ich wissen.

»Das erfährst du gleich. Also bis dann! Ähm, Zimmer acht. Los, beeile dich! Es ist was wirklich Unglaubliches passiert.«

Sie legt auf. Na gut, was soll man machen? Dann eben noch einmal zurück. Wenn es angeblich unglaublich ist. Wobei ich meine Mama kenne. Aber gut.

Als ich das Auto vor dem Rathaus abstelle und die Tür des Gebäudes öffne, riecht es nach altem Papier, Parfüm und irgendwie nach Amt. In letzter Zeit habe ich oftmals Amtsluft geschnuppert, da wir uns ja wegen Felix einigen mussten. Also Jörg und ich. Aber den Gedanken wische ich jetzt weg. Zimmer acht, denke ich, und finde die Tür am Ende des Flurs. Als ich vor der Tür stehe, höre ich schon einige Stimmen. Ich klopfe an und öffne die Tür.

Meine Mama ist dort und auch Gabi sowie zwei weitere Damen in ihrem Alter und drei Männer. Einer der Männer ist der ältere Herr von eben.

»Lene, super! Da bist du ja schon, komm rein. Heute hat sich was ganz Tolles ergeben«, sagt meine Mutter und ich nicke. Keine Ahnung, was sie damit meint, aber ich bin echt gespannt. Dann hebe ich die Hand und begrüße die Runde.

»Hallo an alle«, sage ich und die anderen lächeln.

»Ich wollte dich jetzt mal vorstellen. Alle sind so froh, denn du bist die Lösung für uns alle.« Jetzt bin ich etwas verwirrt.

Der Mann mit Schnurrbart räuspert sich. »Habröck, ich bin der Bürgermeister. Wir sind hier im Gemeinderat und hatten das Problem mit dem leer stehenden Laden. Ja, er steht zum Vermieten ausgeschrieben, doch bisher hat sich niemand gefunden, der passt. Doch Herr Berger ist heute Morgen zu uns gekommen - er ist der Besitzer und er hat Sie vorgeschlagen, den Laden zu übernehmen.«

Ich sehe zu meiner Mutter und dann zu dem älteren Herrn, der, wie ich jetzt weiß, Herr Berger ist.

»Das heißt?«

Nun mischt sich eine Frau ein.

»Ich bin Angi. Also, um den Leuten hier eine tolle Vorweihnachtszeit zu bieten und endlich wieder Leben an den Marktplatz zu bekommen, soll ein Café eröffnet werden. Wir hatten niemanden, der wirklich dafür infrage kommt. Und Herr Berger war bisher auch nicht begeistert, aber er meinte, du bist die Richtige. Er ist davon zu hundert Prozent überzeugt.« Ich sehe zu dem alten Herrn und kann es nicht fassen. Er lächelt mich an.

»Ja, aber …«

»Nun, ich habe doch gesagt, Ihr Tag wird noch toll werden.« Er lächelt.

»Friedl und ich, wir haben uns sehr gemocht. Ich weiß einfach, es soll so sein. Es wäre ihr Wunsch gewesen«, sagt er und sieht mich eindringlich an. Es wäre ihr Wunsch gewesen? Wie kann er sich da so sicher sein? Und auch wenn ich mich freue, ist da noch ein anderes Gefühl - eines das mir sagt, das geht doch nicht. Ja, ich würde es mir auch wünschen, aber …

»Ich passe auch auf Felix auf oder er kann helfen. Das wird großartig!«, sagt meine Mutter jetzt und ich stehe da und frage mich, was hier gerade passiert. Ja, da war dieser Wunsch in mir, aber – schaffe ich das?

»Kann ich darüber nachdenken?«, frage ich jetzt in die Runde und alle nicken.

»Natürlich«, sagt Herr Berger. »Aber warten Sie nicht zu lange mit Ihrer Entscheidung. Wobei ich eigentlich glaube, dass Sie sie eigentlich schon getroffen haben.«

»Ich kann das nicht machen«, sage ich zu meiner Mama, als wir zu Hause ankommen und uns an den Tisch setzen.

»Ja, ich weiß, es kam ziemlich überraschend. Aber das war es für uns auch. Weißt du, wie lange sich Herr Berger dagegen gewehrt hat, den Laden wirklich freizugeben? Und dann will er dich. Also warum nicht? Das ist doch eine tolle Chance. Und sie kommt wie gerufen. Mal im Ernst, du hast die ganze Zeit darüber nachgedacht, was du tun kannst. Und ich weiß doch, was du dir wünschst. Ein Café – das war doch immer ein Traum von dir. Schon als Kind.«

Ich nicke.

»Ja, schon. Ich habe oft darüber nachgedacht, auch in den letzten Tagen, aber …«

»Aber?« Fragend hebt sie eine Braue.

»Ich weiß nicht. Felix, er braucht mich auch und es wird viel Arbeit werden.« Sie winkt ab.

»Das schaffen wir schon.«

»Das geht nicht, es ist toll, aber kann ich das wirklich?«, sage ich vor mir her und bin auf der einen Seite total aufgeregt und möchte es versuchen und auf der anderen Seite sind da auch diese Zweifel.

Meine Mama sieht mich an. »Geht nicht, von wegen! Wenn du der Hase aus meinem Kofferraum wärst, ja okay, aber du bist am Leben und gesund und wundervoll … Das ist eine tolle Chance, Schatz. Schau dir alles wenigstens mal an und wenn es dann absolut nichts ist für dich, dann lasse ich dich in Ruhe, okay?« Sie schaut auf ihr Handy und schickt mir einen Kontakt. »Das ist die Nummer von Herrn Berger. Also wie er es schon gesagt hat, überlege es dir. Aber ich sehe es wie er: Eigentlich weißt du doch schon, was du willst.«

KAPITEL 14

Wenn Kaffeetanten träumen

Felix fällt mir um den Hals, als ich ihn abhole. Die Kinder sind gerade draußen und er präsentiert mir stolz kleine Sterne, die er im Sand gefunden hat. Überall diese Sterne. Schon verrückt.

»Schau mal, Mama«, sagt er und reicht sie mir. »Steckst du sie ein, damit wir sie daheim in eine Dose tun?«

Ich lächle und nicke.

»Hol mal deine Tasche und dann fahren wir«, sage ich und er rennt ins Innere des Kindergartens.

Ich gehe zu Margit, die gerade eingemummelt am Sandkasten steht und sich die Hände reibt. »Klappt alles wunderbar!« Sie lächelt mich an und ihre warme Art umhüllt mich sofort.

»Das freut mich.«

»Der Papa lebt jetzt in München?«, will sie wissen und ich nicke.

»Hat Felix erzählt. Heute haben die Kinder darüber gesprochen.« Ich merke, wie sich mein Herz leicht zusammenzieht. Es tut mir einfach allgemein so leid für ihn, dass er so was als Kind mitmachen muss. Weil er das klassische Familienleben ja gekannt hat. Ich hingegen habe meinen Papa nie vermisst, weil es ihn irgendwie nicht gab. Meine Mama hat nach ihm auch nie wieder einen Partner gehabt. Ich erinnere mich nur an ihre Freundinnen und Gabi. Die ihre feste Freundin ist, wie ich jetzt seit Jahren weiß. Und das ist auch in Ordnung. Ich hatte einfach immer liebe Menschen um mich, die mich mit Liebe überhäuft haben.

»Ja, ich habe mich einfach entschieden, wieder hier zu sein, weil meine Familie hier ist, und Jörg …«, erkläre ich, »so heißt sein Vater, immer viel arbeiten muss. Wenn er Felix sehen will, kann er das aber jederzeit und momentan ist ein Rhythmus für alle zwei Wochen am Wochenende vereinbart.«

Sie nickt. »Ja, kann ich verstehen. Aber er hat sich sofort super eingelebt. Ein ganz lieber Junge«, sagt sie, was mich glücklich macht.

Natürlich hat auch Felix seine Phasen, in denen er mal durchdreht, was alle Kinder haben, aber im Großen und Ganzen muss ich sagen, dass es wirklich gut läuft. Gut, ich habe die schlaflosen Nächte in der ersten Zeit nicht vergessen. Und auch jetzt gibt es Phasen, in denen er nicht allein ins Bett will, er bockt oder sich auflehnt. Aber das gehört nun mal dazu. Auch wenn es nicht immer einfach ist, liebe ich den kleinen Kerl. Und was ich ihm jetzt geben möchte, ist Zeit. Ja, Zeit – also kann ich wirklich das mit dem Café machen?

Als Felix mit der Tasche in der Hand wieder neben mir steht, lächle ich ihn an.

»Na dann, fahren wir los. Sag Tschüss, Felix, bis morgen.«

Er sieht zu Margit. »Tschüss, bis morgen.«

Franzi kommt nun auch an. Ich habe sie angerufen, weil ich ihr unbedingt davon berichten musste, was heute Morgen passiert ist.

»Bin da!« Sie lacht und Nika rennt auf sie zu.

»Mama, Mama! Können wir noch mit Felix spielen?«

Sie nickt. »Ja, genau das war der Plan. Dann hol doch mal deine Tasche.«

Sie rennt ins Innere und ich mustere Franzi, die ganz verschwitzt aussieht.

»Das war jetzt ein Stress! Mein Chef geht mir so was von auf die Nerven. Aber ich weiß, gleich werde ich belohnt. Bin schon gespannt, was du mir zu erzählen hast und was du gebacken hast.«

Mit den Kindern fahren wir warm eingepackt also gleich darauf zu unserem Haus.

Ich habe eben Nudeln gekocht, doch die Kinder wollen spielen. Sie trinken eilig etwas und verschwinden dann ins Zimmer.

»Sagt einfach Bescheid, wenn ihr Hunger habt, okay?«, rufe ich und sehe dann Franzi an.

»Kaffee?«

Sie nickt. »Ja, unbedingt! Und Plätzchen?«

»Ja, die habe ich auch«, sage ich und lächle.

Dann sitzen wir da und ich berichte alles.

»Ich meine, ich kenne diesen Mann gar nicht. Du?«

»Oh ja, und mal ehrlich jetzt, das grenzt ja beinahe an ein Wunder. Er ist eigentlich sehr zurückgezogen. Schlendert oft über den Marktplatz.«

»Er war bei mir total offen und … das ist doch alles verrückt. Ich kann etwas backen, habe Spaß daran, aber wirklich einen eigenen Laden zu führen? Ja, ich habe es mir gewünscht, aber …«

»Ehrlich gesagt, ich finde die Idee gut! Und es ist schade, dass der Laden leer steht. Wenn Herr Berger dich da sieht, hat das doch irgendwie auch seinen Grund. Ich würde sagen, alles passt zusammen. Das solltest du auch mal sehen.«

»Wegen des Wunsches, des Sterns?«

»Oh ja, also ruf ihn doch zumindest mal an. Und wenn du ehrlich bist, was hält dich ab? Den Wunsch hattest du doch? Also nutze doch die Gelegenheit.«

KAPITEL 15

Die Gedanken sortieren

»Hallo Herr Berger, hier ist Lene«, sage ich, als ich seine Stimme am anderen Ende der Leitung höre.

»Ach Lene, wie schön! Freut mich wirklich sehr. Heißt das, Sie haben sich schon entschieden?«, will er wissen und ich atme tief durch.

»Ehrlich gesagt, ich finde das Angebot ziemlich gut, aber ich weiß nicht, ob ich das hinbekomme. Und …«

»Warum sollten Sie denn nicht?«

»Na ja, ich habe es zwar gelernt und alles, aber wirklich ein Café leiten? Dann habe ich noch meinen kleinen Sohn.«

»Aber der kann doch auch ins Café kommen und sicherlich gibt es da eine gute Lösung.« Er ist wirklich freundlich, doch dann frage ich mich, warum er unbedingt mich will.

»Hören Sie, Lene, was halten Sie davon: Ich schicke Ihnen in den nächsten Tagen einen Handwerker vorbei. Er kann sich mit Ihnen den Laden in Ruhe ansehen. Er ist wirklich sehr nett und sicher kann er alles nach Ihren Vorstellungen gestalten und helfen. Was meinen Sie? Schauen Sie sich zusammen doch alles mal an, hm?« Kurz denke ich nach, soll ich das wirklich tun? Ja, anschauen ist doch auf alle Fälle drin.

»Also schön. Das können wir machen«, antworte ich schließlich und spüre, wie sehr er sich darüber freut.

»Super, dann schicke ich ihn vorbei. Er klingelt dann einfach, ja?«

»Okay«, sage ich. Wer auch immer er ist. Ich merke, wie mein Herz klopft. »Aber ich kann nichts versprechen, ja?«

»Ist okay. Aber gehen Sie wirklich in sich. Träume zu haben ist schön, aber viel wichtiger ist es doch, sie zu leben, oder? Und das Angebot ist gut, glauben Sie mir. Würde nicht jeder von mir bekommen.«

Auch am nächsten Tag kommen meine Gedanken einfach nicht zur Ruhe. Und so vergeht die Zeit viel zu schnell; der Tag verfliegt, bis ich Felix mal wieder vom Kindergarten abhole. Ich mache mir meine Gedanken, aber dennoch … Noch immer habe ich keine Ahnung, was ich machen soll. Es ist bereits Freitag und bisher habe ich mich noch immer nicht entschieden. Wobei ich ja auch gar nichts machen muss, denn angeblich kommt ja noch der Handwerker. Und so habe ich gebacken, um mich abzulenken – von allem. Und einfach die Tage versucht zu genießen. Josh habe ich auch nicht mehr gesehen, aber sicher ist er einfach nur beschäftigt mit dem Erfüllen von

Wünschen und seine Hilfe anzubieten. Wer weiß, wer noch alles so in seiner Lustgrotte herumhüpft.

Als ich mit Felix ins Haus gehe, reckt er die Nase in die Höhe. Ich habe Plätzchen gebacken, einen Kuchen und noch ein paar besondere Kekse, während er im Kindergarten war.

»Das riecht ja wie in der Weihnachtsbäckerei!«

Ich lächle. »Na, da staunst du! Mama hat heute sehr viel gebacken. Was sagst du?« Ich reiche ihm die Keksdose, in die ich die Plätzchen habe, und er greift strahlend hinein.

»Mmmmm! Die sind lecker!«, ruft er und ich lächle.

»Felix, Mama wollte mal mit dir reden, weil …« Ich will ihm gerade davon erzählen, als mein Telefon klingelt.

Als ich sehe, dass es Jörg ist, seufze ich.

»Wer ist da dran, Mama?«

»Das ist dein Papa«, sage ich und gehe ran.

»Ja?«

»Lene, hallo. Du, ich bin gerade so gut wie in der Nähe und würde Felix gern sehen. Ehrlich gesagt«, er räuspert sich, »würde ich ihn dann gern auf einen Ausflug mit Heike und mir mitnehmen. Wir würden mit ihm eine oder zwei Nächte in einem Hotel bleiben. Sagen wir halbe Stunde?«

Der Kerl ist doch echt nicht ganz bei Trost!

»Was will Papa?«

»Er würde dich gern auf einen Ausflug mitnehmen.« Auch wenn ich am liebsten Nein sagen würde, tue ich es nicht. Immerhin geht es um Felix und Jörg ist eben sein Vater.

»Oh ja, darf ich? Darf ich?«

Ich seufze, nicke aber dann. Immerhin ist jetzt Wochenende und vielleicht ist die Zeit allein auch mal nicht schlecht, um mir über einiges klar zu werden.

»Also gut, dann packen wir jetzt was zusammen. Du bringst ihn aber am Sonntag wieder, Jörg, ja?«

»Alles klar! Also in einer halben Stunde sind wir da.«

Wir beenden das Telefonat und ich packe mit Felix rasch eine Tasche zusammen. Zahnbürste, Kuscheltier Nino und ein paar Klamotten. Warme Jacke, warme Schuhe, damit er für alles gerüstet ist und auch Schwimmsachen, falls es in dem Hotel einen Pool gibt.

Ich packe Felix gerade ein paar Plätzchen ein, da klingelt es schon an der Tür.

»Na, da ist ja mein Kleiner«, ruft Jörg und umarmt seinen Sohn. Er ist ganz schön dick geworden, denke ich, was mich ja nicht stört, aber irgendwie ist auch eine Art Genugtuung.

Daneben steht Heike, frisch blondiert und mit roten Lippen.

»Hallo Lene«, sagt sie und lächelt mich an.

»Hallo Heike«, sage ich. So nervig ich die Situation auch finde, ich werde mich ganz sicher nicht aus der Ruhe bringen lassen.

»Hast du alles eingepackt? Auch was zum Schwimmen?« Ich nicke und Felix strahlt.

»Schwimmen wir?«

»Klar, Großer, wir haben ein tolles Hotel! Und da ist sogar ein Pool« Jörg sieht mich an. »Gut, dann bringen wir Felix am Sonntagabend wieder!«.

Ich nicke. »In Ordnung. Und denk dran, wenn er zu viel Schokolade isst, bricht er.«

Heike nickt. »Ja, ich denke auch dran!« Super Heike, denke ich.

»Ach und Lene, ich habe mit Jörg geredet und wir haben noch was für dich, weil das mit der Küchenmaschine so blöd gelaufen ist.« Blöd gelaufen – er wollte mir meine eigene Küchenmaschine verkaufen! Trotzdem lasse ich das einfach mal so stehen.

»Also, wir haben da was im Auto. Jörg, holst du das mal bitte?«, fordert Heike ihn auf.

Jörg nickt, wendet sich ab und kommt schließlich mit einem Paket zurück.

»Du kannst sie haben. Ich will nicht so sein. Immerhin hast du dich ja immer im Backen versucht.« Wie bitte? *Versucht?!*

»Ich habe mich nicht nur versucht! Ich habe gebacken und das auch gelernt …«

»Mama backt toll«, ruft Felix und ich lächle ihn an. Jörg winkt ab. Hat es aber wohl noch mitbekommen.

»Ah, ja, ja, genau. Also hier bitte schön«, sagt er und stellt sie vor mir ab.

»So, Großer, dann drück mal deine Mama und los geht es.« Felix sieht mich etwas unsicher an, aber ich lächle. Er soll kein komisches Gefühl haben.

»Das wird super«, sage ich, auch wenn ich es alles andere als super finde.

»Ihr habt ganz viel Spaß, okay, und wenn was ist, dann sagst du Papa oder Heike sollen mich anrufen, ja?« Er nickt, drückt mich noch mal ganz fest und schließlich sehe ich zu, wie mein Kleiner davonfährt.

Und ich stehe da mit der Küchenmaschine. Und mit einem Mal ist da eine Wut in mir! Der kann sich seine Maschine sonst wo hinstecken! Als ob ich sie brauche! Sich da als der große Gönner aufspielen. Echt jetzt?

»Blödes Scheißding«, rufe ich jetzt und trete dagegen. »Dummer Idiot! Was denkst du, wer du bist? Im Backen versucht, was denkt der eigentlich, wer ich bin. So ein Scheißkerl, ich kann viel mehr«, rufe ich jetzt und zucke zusammen, als ich sehe, dass Josh vor mir steht.

KAPITEL 16

Vom Himmel geschickt?

Ich hoffe, du meinst nicht mich? Also mit dem Scheißkerl?«, fragt er und ich sehe zu ihm.

»Oh, nein! Also ausnahmsweise gerade nicht.«

Er hebt eine Braue. »Ausnahmsweise …« Fragend sieht er mich an und ich räuspere mich.

»Na ja, wegen dem Scheißkerl und so. Sorry, ich bin gerade genervt. Hat nichts mit dir zu tun.«

»Das merke ich schon. Und warum?«

Ich sehe zu ihm.

»Wenn du es genau wissen willst: Jörg war gerade da, mein Ex-Freund, und er hat mir gönnerhaft diese Küchenmaschine überlassen, obwohl er sie mir erst verkaufen wollte. Und das, obwohl es ja meine ist, und es macht mich gerade wütend, wobei ich nicht weiß, ob es wirklich das ist oder weil er meinte, ich *versuche* mich im Backen und weil er Felix mitgenommen hat, was ja okay ist, aber …« Oh nein! Ich merke, dass ich schon wieder plappere und meine Augen auch noch feucht werden. Schnell blinzle ich. »Egal, ich bin einfach gerade sehr unter Strom.«

Josh kommt auf mich zu. »Also was den Strom angeht, da kann ich was tun.«

Ich schlucke und sehe ihn an. Was meint er?

»Wir hatten doch gesagt, ich habe den Strom gerichtet, erinnerst du dich?«

Oh Mann, ja, ich stehe gerade echt auf dem Schlauch. »Sorry, ja, haha, ich bin einfach … Keine Ahnung.«

»Genervt?«

Ich seufze. »Ja!«

»Soll ich dir helfen, das reinzutragen? Das Scheißding?«, fragt er vorsichtig und ich lächle.

»Ja, wäre nett, also wirklich.«

»Mach ich gern, kein Problem«, sagt er und hebt das Gerät schließlich an.

Als er eintritt, blickt er über die Schulter zurück zu mir. »Hier riecht es aber schon wieder gut. Hast du wieder gebacken?«

Ich lache. »Ich habe doch gesagt, das ist das Einzige, was ich einigermaßen kann. Wobei wenn du meinen Ex-Freund fragst, der wäre da anderer Meinung. Er meinte ja gerade, ich habe mich immer darin *versucht*. Dieser …«

»Ach, er ist ein Idiot. Ärgere dich nicht«, unterbricht er mich. Dann stellt er die Küchenmaschine auf dem Esstisch ab.

»Danke, wirklich nett von dir. Du kannst dir einen Keks nehmen oder Plätzchen oder … was hättest du gern?«,

»Na, wenn du so fragst – von allem etwas?«

Ich lächle. »Das geht klar.« Ich seufze und sehe mich um, während er in die Dose greift.

»Ich habe da ja was gehört«, sagt er mit einem Mal und ich sehe ihn fragend an.

»Ach ja? Und was?«

»Dass der alte Berger dir den Laden geben will?«

Ich nicke. »Oh, das. Ja, also Winterberg ist wirklich ein Dorf. Hier bleibt auch nichts verborgen.«

Er nickt zustimmend. »Ja, absolut. Klatsch und Tratsch überall. Und was sagst du dazu? Ist doch toll, oder? Wieder ein Wunsch mehr, der sich erfüllen kann.« Er grinst.

»Ja, dieser Stern, er will es echt wissen. Jetzt fehlt nur noch, dass der tote Hase auftaucht«, er hebt eine Braue.

»Was?«

»Ach nichts. Und ja, irgendwie wäre es schon interessant und ich habe auch wirklich Lust darauf, aber … ich weiß nicht.« Ich sehe ihm in die Augen.

Sein Blick wird durchdringend, sodass es mir wieder dieses Kribbeln in den Bauch zaubert.

»Also wenn du mich fragst, ich finde, du solltest ihn mieten. Und wenn ich ehrlich bin, ich bin nicht so ganz ohne Grund hier …«

Jetzt bin ich neugierig. »Okay? Und was ist der Grund?«

»Der alte Berger, ich soll dir den Laden zeigen. Ich wäre sozusagen dein Handwerkersklave.«

Als er die Worte ausspricht, werde ich rot. Hat er das gerade wirklich gesagt? Handwerkersklave?

»Oh, wirklich? Du bist der Handwerker, der mit mir den Laden anschauen soll?«

»Ja, vielleicht ist er auch meinetwegen auf dich gekommen …«

»Deinetwegen?«

»Japp, er hat die Plätzchen probiert und dann war er plötzlich ganz aufgeregt. Diese Sternplätzchen, die du gemacht hast …«

»Ach wirklich?«

»Ja, er sagt, dass sie vom Himmel geschickt wurden oder so was und dass er darauf gewartet hat.«

»Das ist ja verrückt, deswegen …« Kurz muss ich schlucken, weil alles irgendwie tatsächlich so scheint, als ob es so sein soll. »Ja, genau also ich bin zu Diensten. Egal, was dein Herz begehrt. Mal wieder. Und ich wäre schon eher da gewesen, aber hatte noch was zu erledigen die Tage.«

Ich räuspere mich. Damit habe ich nicht gerechnet. »Wirklich jetzt? Also du bist der Handwerker?«

Er nickt.

»Ja, also falls du dir wen anderes erhofft hast, tut es mir leid.«

Ich lache.

»Nein, alles gut, aber geht das klar? Also mit uns?«

»Oh. Meinst du wegen neulich, wegen unserm … Du weißt schon?« Er zwinkert mir zu und ich schlucke.

»Ja, schon …«

»Ach, Lene, mach dir doch deswegen keine Gedanken. Du hast mir doch klar und deutlich gesagt, dass du nichts von mir willst. Was schade ist, denn ich mag dich, ganz ehrlich.«

Bitte? Hat er das jetzt wirklich gesagt?

»Du magst mich?«

Ich sehe ihn fragend an.

»Ja, ich mag dich, aber mach dir keine Gedanken, ich werde schon nicht über dich herfallen, wenn du das nicht willst. Ich kann professionell sein, falls du das nicht glaubst.«

»Das habe ich auch nicht gedacht.«

»Na gut, dann ist es doch geklärt, also falls du Bedenken wegen mir hattest.«

»Okay, danke und …« Sein Handy klingelt.

Ich sehe einen Frauennamen darauf.

»Da muss sich ran, aber du meldest dich, ja?«

»Klar, ich melde mich«, sage ich. Dann verlässt er das Haus.

KAPITEL 17

Psst! Nicht so laut!

Nein, nicht dein Ernst? Josh würde dir also helfen? Er ist vom alten Berger beauftragt? Und er wollte dich, weil er deine Plätzchen gegessen hat? Und er mag dich? Das hat er gesagt?«

»Ja, schon und er meinte, dass er akzeptiert, wenn ich nichts von ihm will und so. Weil ich es ihm deutlich gesagt habe, und dass er es schade findet. Ich weiß nicht, Franzi, der veräppelt mich doch.«

»Warum? Schon mal darüber nachgedacht, dass er dich am Ende wirklich mag?«

Ich schüttle den Kopf.

»Nein.«

Zusammen mit Franzi stehe ich im Supermarkt an der Kasse. Um uns herum das Piepsen der Produkte, die über den Scanner gezogen werden.

»Hast du das wirklich zu ihm gesagt? Also dass du dir nichts mit ihm vorstellen kannst?«

»Ja, irgendwie schon, aber ist doch auch egal, ich habe das gesagt, weil na ja, alle sagen, er ist ein

Aufreißer und ich bin doch nicht bescheuert und steigere mich in irgendwas rein«, sage ich und sie kichert.

»Aber du hast dem ja nicht mal eine Chance gegeben.«

»Was nicht schlimm war, an dem Abend hatte er ja schon eine andere bei sich.«

»Das stimmt, wobei du auch gar nicht weißt, ob sie nicht wirklich nur trainiert haben. Hm?«

»Das stimmt schon. Aber trotzdem.«

»Oh Mann, um dich passieren gerade einfach nur unfassbar tolle Sachen. Wunder und Wünsche, die sich erfüllen, und du denkst noch immer, dass alles nicht wahr sein kann. Der Stern gibt hier alles und du weist ihn ab.«

Sie schüttelt den Kopf.

»Das stimmt doch gar nicht.«

»Oh doch. Du wünschst dir die Chance auf ein eigenes Café, Liebe, einen Orgasmus ...«,

Ich sehe Franzi an und werfe ihr einen bösen Blick zu. Immerhin sind wir nicht allein.

»Pssst. Sag mal! Musst du das so laut sagen?«

Sie hält sich die Hand vor den Mund. »Sorry ... aber ist doch so. Und du willst jetzt alles Wunderbare einfach mal ignorieren.«

Die Frau hinter uns sieht uns neugierig an.

»Einen Orgasmus?«, fragt sie und Franzi lacht.

»War ein Weihnachtswunsch. Der Stern leuchtet doch gerade. Probieren Sie es aus«, sagt Franzi jetzt auch noch und ich muss grinsen, als die Dame grinst.

Wir sind an der Reihe und die Verkäuferin begrüßt uns freundlich.

Während sie unsere Einkäufe abkassiert, lasse ich die Gedanken schweifen.

Hat sie recht? Ist es so? Gebe ich Josh einfach mal keine Chance, weil ich ihn für einen Aufreißer halte? Also ohne es zu wissen. Habe ich Angst vor der Sache mit dem Café, weil ich denke, Felix wäre es zu viel, oder laufe ich nur vor mir selbst weg?

KAPITEL 18

Du traust dem Stern nicht?

Du siehst echt gut aus«, sagt Franzi, als wir uns im Utz treffen. Franzi meinte, in der Dorfkneipe ist heute viel los, und dort können wir uns locker die Zeit bei einem oder zwei Punsch vertreiben.

Noch mal über alles sprechen. Und nachdem meine Mutter zugestimmt hat, auf Felix aufzupassen, habe ich ihr zugesagt. Ich sehe mich um, alles ist schon weihnachtlich geschmückt und es duftet nach Glühwein.

An einem Tisch in der Nähe der Bar sitzen bereits Nadja und Silke, die Franzi ebenfalls gefragt hat. Sicherlich als Verstärkung, um mit mir zu reden. Da bin ich mir sicher. Wir setzen uns zu ihnen und die beiden strahlen.

»Hach, ist das schön, so spontan. Marco war zwar nicht begeistert, dass er heute die Kinder hüten muss, aber ich bin froh, dass ich mich durchgesetzt hab.«

»Na ja, der Kerl, der jetzt an der Bar steht«, kommt Franzi mir zuvor.

Nadja sieht sich um. »Ist das nicht der Handwerker, der jetzt hier im Ort ist?«, fragt sie und ich nicke.

»Ja, und er wohnt neben mir.«

Sofort grinst sie. »Ach was? Erzähl!«

Tatsächlich hatte ich mit den beiden noch nicht darüber gesprochen.

Auch Silke sieht sehr interessiert aus. »Der sieht aber sehr gut aus. Hab das ja schon gehört, aber gesehen habe ich ihn noch nicht.«

»Ja, er sieht nicht nur gut aus, er wäre derjenige, der wohl bei der Renovierung nach meinen Vorstellungen helfen soll. Auf Anordnung von Herrn Berger, er hat ihn wohl beauftragt.«

»Nicht wahr! Aber das ist doch eher ein Grund, um es auf alle Fälle zu tun?«, sagt Silke jetzt und ich kann mir ein Grinsen nicht verkneifen.

»Ja, aber, na schön, ich und er, wir haben uns geküsst und vielleicht mehr«, sage ich jetzt und sofort sehen alle zu Josh. Der natürlich in diesem Moment auch zu uns sieht und grinst.

»Jetzt hört auf! Schaut nicht so auffällig hin.«

Nadja zwinkert mir zu. »Du hast was mit ihm gehabt? Wann? Wo? Wie?«

Franzi und ich berichten jetzt von unserem verrückten Wünscheabend und als ich fertig bin, sehen die beiden mich grinsend an.

»Na, da sag noch mal einer, dass Wünsche nicht wahr werden. Das klingt ja beinahe wie aus einem Märchen. Ich will diesem Stern auch was schicken.«

»Ach, der hat doch nichts damit zu tun«, sage ich, aber Franzi lacht.

»Unsinn. Und du weißt das auch.«

»Aber wo ist da das Problem?«, will Silke wissen.

»Ich weiß nicht, er …«

Ich will gerade alles erklären, als Nadja sagt: »Oh, er kommt«, und tatsächlich geht Josh gerade auf unseren Tisch zu. Als er vor uns steht, lächelt er.

»Hey, ich dachte, ich sag mal Hallo in die Runde«, sagt er und alle sehen ihn grinsend an.

»Hallo«, sagen wir nun alle beinahe gleichzeitig.

Er muss denken, wir sind alle komplett bescheuert.

»Also, ich stell mich mal vor, ich bin Josh und da drüben stehen meine Kumpels Sam und Kai. Habt ihr Lust, eine Runde mit uns zu trinken?« Er deutet zu den beiden an die Bar. Und sofort sehe ich, wie Franzis Augen sich weiten, denn Kai ist rothaarig.

»Also, ja, warum nicht? Setzt euch doch zu uns«, schlägt Franzi auch gleich vor und er nickt.

»Cool. Okay, machen wir.« Dann wendet er sich ab und ich lache.

»Er ist rothaarig«, sage ich und Franzi nickt.

»Japp, wenn du schon nicht an den Stern glaubst, ich tue es«, sagt sie, während er die beiden Freunde zu uns holt.

»Rothaarig?«, fragt Silke nach und auch Nadja sieht neugierig aus.

»Ja, das ist mein Wunsch, ein hübscher Rothaariger«, sagt Franzi als die Jungs schon an den Tisch kommen.

Die Jungs stellen sich schließlich selbst vor und erzählen dann, wie sie sich bei ein paar Aufträgen, die sie bereits gemeinsam hatten, kennengelernt haben. Weil sie gerade einen Auftrag in der Nähe hatten, haben sie sich mit Josh verabredet.

Irgendwann sind alle untereinander in Gespräche vertieft, was auch irgendwie erleichternd ist, weil es mal nicht um mich und die Sache mit dem Laden geht. Und ich freue mich, dass Franzi total in das Gespräch mit Kai vertieft ist. Sam sowie Silke und Nadja gehen eine Runde Dart spielen und ich sehe zu Josh.

»Wollen wir zur Bar?«, fragt er mit einem Mal und ich sehe ihn fragend an. Er hebt eine Braue und ich glaube zu verstehen, dass wir die beiden allein lassen sollen. Also nicke ich und stehe auf.

»Na, die verstehen sich aber gut«, sagt er, als wir an der Bar stehen. Franzi sieht kurz zu uns und ich lächle. Sie zwinkert mir zu und ich seufze.

»Ja, scheint mir auch so. Ich hoffe, dieser Kai ist nett und kein Aufreißer?« Josh grinst.

»Er ist ein guter Kerl, keine Sorge. So wie wir alle.« Ich lächle.

»Ah, ach ja, ist das so?«

»Klar, oder siehst du das anders?«

»Nein, alles gut.«

»Nun, jetzt mal raus mit der Sprache, Lene. Hast du dich wirklich noch immer nicht entschieden? Ich habe auf deinen Anruf gewartet.«

»Ach ja?«

»Klar. Also, was ist los?«

»Ich … na ja, die Sache ist echt toll. Das Angebot von Herrn Berger kommt ehrlich gesagt wie gerufen, aber …«

»Du traust dem Stern nicht? Obwohl er gerade all deine Wünsche erfüllt?«

»Siehst du das so?«

»Na ja, irgendwie schon, ja. Ich denke langsam, ich sollte mir auch was wünschen. Wenn das so klappt wie bei dir.«

Ich lächle. »Ach, ihr seid doch alle verrückt.«

»Nein, du bist es. Ich will nichts sagen, aber …«

»Sag nichts von dem Orgasmus.«

»Natürlich nicht! Ich wollte sagen, du solltest dir mehr zutrauen.«

»Vielleicht. Ich weiß nicht. Wenn ich ehrlich bin, liegt es wohl auch daran, dass ich das alles nicht so glauben kann. Ich meine, da werde ich erst verlassen und dann komme ich hier an und dann passiert all das. Da muss doch irgendwo ein Haken sein. Alles läuft zu gut. Auch, dass du so nett bist, da ist sicher einer.«

Er überlegt kurz. »Oder da ist einfach keiner? Kann doch auch sein.«

»Aber Wünsche werden nicht einfach so wahr. Das ist einfach kitschig.«

»Ja, aber es ist Weihnachten. Ist das nicht immer kitschig?«

»Nein, es ist eigentlich ernüchternd und auch nicht anderes wie die restliche Zeit im Jahr. Wir bilden es uns nur ein«, sage ich und er legt den Kopf schief.

»Dieser Jörg war nicht besonders gut zu dir, oder?«

Seine Frage trifft mich.

»Na ja, also er war nicht schlecht zu mir. Gut, er hat mich betrogen und verlassen und gesagt, dass ich mich im Backen versuche, aber …«

»Das klingt wirklich sehr nett.« Ich lache.

»Tut es nicht, ja, ich weiß. Aber er hat mir Felix geschenkt.«

»Das ist wirklich sehr gut. Da kann ich nichts dagegen sagen. Und ich denke, er würde sich für dich freuen.«

»Ist das so?«

»Da bin ich mir ganz sicher. Denn wenn du glücklich bist, ist er es auch.«

»Ja, da hast du recht«, sage ich nachdenklich und er sieht mich an.

»Ich habe das ernst gemeint. Dein Ex ist ein Idiot. Höre nicht auf so was. Du kannst super backen und versuchst dich nicht nur darin. Und überhaupt ist er ein Idiot, weil er eine Frau wie dich gehen lässt.«

Unsere Augen treffen sich.

»Danke … also für deine Worte und alles«

»Gern und ich sage das nicht nur so, sondern weil ich es so sehe.«

»Die Zeit war wirklich nicht so leicht«, sage ich jetzt nachdenklich.

»Ja, manchmal überholt einen das Leben. Es verändert sich, aber eigentlich, damit alles nur noch besser wird.«

Er zwinkert mir zu.

»Ja, also dass du mir diesen Wunsch erfüllt hast, war schon … sehr gut.« Er lacht.

»Tja, so bin ich. Und was kriege ich, nichts als Abfuhren.«

»So ein Quatsch.«

Ich wende meinen Kopf zu ihm und blicke ihm in die Augen.

»Pass auf, wir trinken jetzt noch was, spielen ein bisschen was mit und du lässt einfach mal los. Und dann will ich morgen aber, dass du dir mit mir den Laden anschaust, okay? Das wünsche ich mir. Erfüllst du mir diesen Wunsch?« Er zwinkert mir zu.

»Hach ja, Josh. Wir alle haben Wünsche. Aber wir wissen ja, wie das mit den Wünschen ist …«

»Ja, sie werden wahr. Also, bereit?«

Manchmal überholt einen das Leben.
Es verändert sich, aber eigentlich,
damit alles nur noch besser wird.

KAPITEL 19

Der Morgen danach …

Meine Schläfen pochen und ich fühle mich leicht erschlagen, als ich meine Augen öffne. War ich nicht eben noch in der Bar gewesen? In diesem Utz? Hatte ich nicht eben noch mit Josh und den anderen was getrunken. Hatten wir nicht alle geredet? Gefeiert … oh ja. Das haben wir. Deswegen der Schmerz in meinem Kopf. Langsam öffne ich die Lider und – auweia! Das war eindeutig zu viel gewesen.

»Das tut weh«, murmle ich, drehe mich um, strecke meine Füße aus, und – was ist das? Da ist was Weiches? Irgendwas Felliges, Flauschiges? Panisch setze ich mich auf und – da liegt Josh. Oh nein, bitte nicht! Wie kommt er in mein Bett? Das kann doch jetzt nicht wahr sein!

Er öffnet die Augen und grinst.

»Hey, guten Morgen. Na, wie geht es dir?«, fragt er noch breiter grinsend und ich schlucke. Das gibt es doch nicht.

»Ehrlich gesagt habe ich keine Ahnung. Und was machst du hier?«

Er lacht.

Mein Mund fühlt sich pelzig an. Bestimmt habe ich megaekeligen Mundgeruch.

Ich ertappe mich, wie ich seinen muskulösen Oberkörper schon wieder anstarre. Diese Muskeln, diese glatte Haut. Moment, er hat nichts an.

»Das gibt's nicht! Warum bist du nicht angezogen?«

»Na ja, weil ich es so gemütlicher finde.«

Ja, nee, ist klar.

»Okay, nur deswegen oder … ist da was gelaufen?«, frage ich und fuchtele irgendwie mit meinem Zeigefinger herum. Er lacht.

»Okay, jetzt enttäuscht du mich. Weißt du das nicht mehr?« Sofort spüre ich die Röte auf meiner Wange.

»Na ja, also … nein.«

Er legt den Kopf schief. »Das ist aber schade, da hast du aber was verpasst.«

Ist das jetzt sein Ernst?

Verlegen sehe ich mich im Raum um, suche mit den Augen nach meinen Klamotten und entdecke schließlich meine Hose auf der Couch gegenüber von meinem Bett. Mein Top liegt auf dem Boden. Was haben wir hier nur heute Nacht angestellt?

Angestrengt denke ich nach, und ganz langsam schleichen die Erinnerungen an den gestrigen Tag in mein Bewusstsein zurück.

Ich war mit den Mädels da, dann habe ich mit Josh geredet, wir haben was getrunken. Und verdammt …

Okay, gleich löse ich mich in Luft auf.

»Ich verlasse nie mehr das Haus«, sage ich und er lacht.

»Wäre aber zu schade, nachdem du gestern allen versprochen hast, das beste Café hier in Winterberg zu eröffnen. Ein Stück vom Himmel oder so was? Ein Wunscheck, du warst dir noch nicht sicher, ach war da noch der Name Plätzchenstube?«

Ich sehe ihn an. »Ich habe was? Niemals!«

»Doch, doch. Und alle freuen sich jetzt darauf.«

»Oh Mist, Mist, Mist …«

»Und du hast mir schon allerlei Aufgaben gegeben. Ich muss sagen, ich fand alles wirklich kreativ, auch das mit der Wolke, wobei das wird schon herausfordernd. Aber nachdem ich jetzt offiziell dein Handwerkersklave bin. Zumindest hast du mich so genannt. Aber ist okay, hab ich dir ja auch gesagt.«

»Ach komm schon, Josh. Das hab ich nicht …«

»Doch, hast du.«

Ich spüre, wie mir heiß wird. Sehr heiß.

»Und eine Wolke?«

»Ja, du meintest, es wäre cool, so eine Schaukel im Café zu haben, die aussieht wie eine Wolke. Würde zum himmlischen Namen passe. Damit man immer zum Wunschstern schaukeln kann. Ach ja, der soll auch an der Decke sein, also der Stern.«

Ich muss sterben. »Ehrlich jetzt?«

»Ja, aber schau nicht so. Da kamen deine ganzen Wünsche aus dir raus. Es war lustig.«

Ich sterbe. Habe ich das schon erwähnt. Und warum hat Franzi mich nicht gebremst?

»Und Franzi? Was ist mir ihr?«, frage ich nun.

»Ach, die hat sich die ganze Zeit mit meinem Kumpel Kai unterhalten. Der mit den roten Haaren. Sie hat ihn immer Ed genannt und wurde dann von Nadja und Silke heimgebracht und ich – na ja. Ich habe dich dann heimgebracht. Du warst viel zu betrunken, um den Weg allein zu finden.«

»Okay, soweit so gut, aber warum bist du hier in meinem Bett?«

»Du meintest, da ich dein Sklave bin, muss ich da bleiben, damit wir am nächsten Morgen keine Zeit verlieren.«

Ich nicke und atme tief durch. »Aber mehr war nicht? Also … oder doch? Weil du meintest, ich habe, was verpasst und …« Ich zucke zusammen, als ich das Kondom sehe – oder *die* Kondome. Sofort entfährt mir ein schwerer Seufzer.

»Was … was … machen die Kondome da … alle …«

Das darf ja wohl nicht wahr sein.

»Ach, du wolltest unbedingt sehen, ob ich welche habe, und hast sie dann herumgeworfen.«

»Du hast vier Kondome dabei gehabt?«

»Fünf … es waren fünf.«

Ich reiße die Augen auf. »Oh nein, also doch …«

»Ja, du hast es getan, liebe Lene. Du hast es aufgemacht und … aufgepustet …« Er macht eine Geste mit der Hand, wie er einen Ballon aufpustet, und ich atme erleichtert aus. Während er lacht.

»Also haben wir nicht …?«

Er schüttelt den Kopf. »Nein, erstens hätte ich das in deinem Zustand nicht gemacht, auch wenn du gewollt hättest, und zweitens warst du ziemlich sauer, weil du meintest, ich bin ein böser Aufreißer und du glaubst mir das alles nicht …«

»Oh, also na ja, ich meine, ich war betrunken.«

Er lacht. »Schon klar.«

Ich lasse mich zurück aufs Bett fallen und ziehe mir die Decke über den Kopf. Wo bitte ist das berühmte Loch zum Einbuddeln, wenn man es braucht? Die Lawine, die einen mit Schnee völlig bedeckt.

»Ach, Lene. Es war lustig, also mach dir keinen Kopf.«

»Doch!«, murmle ich. »So benimmt man sich nicht … Schon gar nicht als Mama.«

»Unsinn. Ich glaube, Mamas sind auch ganz normale Frauen und dürfen es auch sein.«

»Ja?«

»Ja!«, sagt er und ich luge wieder unter der Decke hervor.

»Außerdem war es süß, wie du dich aufgeregt hast und von den Wünschen und Rezepten geredet hast. Das Rezept ist dir also im Traum gekommen? Stimmt das?«

»Ja, in der ersten Nacht, als wir hier geschlafen haben.«

Das alles ist verrückt.

»Hör mal, Lene, du bist bestimmt noch etwas gerädert, aber was hältst du davon, wenn wir uns fertig machen und dann den Laden ansehen?«, schlägt er vor.

»Ja? Ehrlich?«

»Und wenn du willst, frühstücken wir vorher? Damit es dir besser geht?«

»Ja, wäre tatsächlich toll«, sage ich und er lacht.

»Und es ist auch kein Date, versprochen, du meintest ja, niemals willst du ein Date mit mir! Du willst nur einen Orgasmus.«

Ich schäme mich. »Oh Gott …«

Doch Josh lacht.

»Bitte sag nichts mehr.«

Er zwinkert mir zu. »Also gut, dann Frühstück? Ich meine, wenn ich dir eine Wolke ins Café bauen soll … brauche ich schon ein bisschen mehr Anhaltspunkte und das geht am besten, wenn man gestärkt in den Tag startet.«

Jetzt grinse ich wieder. »Also schön, warum nicht? Und Hunger hab ich auch.«

»Ich kann Eier machen? Während du unter der Dusche bist?«

»Das wäre super, ja«, sage ich.

Manchmal ist es nicht so leicht,
das Offensichtliche zu sehen.
Die Zeit und die Sterne zeigen uns Träume,
wenn wir uns nur öffnen und daran glauben.

KAPITEL 20

Träume soll man nicht vergessen

Okay, gibt es eigentlich etwas, was du nicht kannst?« Er sieht mich an, während ich Kaffee trinke und die Eier esse - oder eher in mich hineinschlinge. Denn wirklich, das sind die besten Eier, die ich je in meinem Leben gegessen habe.

»Schön, wenn es dir schmeckt«, sagt er und ich nicke.

»Sehr sogar und mir geht es gleich schon besser. Ich hoffe nur, Franzi geht es auch gut? Ich habe ihr schon geschrieben, aber bisher ist nichts gekommen.«

»Sicher. Vielleicht liegt sie auch noch mit Kai im Bett«.

Ich atme tief durch. »Oh mein Gott, wie konnte das alles so eskalieren?«

Er lacht. »Wehe, wenn sie losgelassen werden. Apropos, erinnerst du dich noch an diesen Theodor, der gestern auch da war?«

Ich sehe ihn fragend an. »Was? Nein, der war da?«

»Ja, war er und du hast ihm ziemlich deutlich gesagt, was er für ein Lump ist.« Er lacht.

»Ich habe ›Lump‹ gesagt?«

»Oh ja!«

»Habe ich bestimmt gesagt wegen dem alten Berger. Der hat ihn so genannt. Ich war früher mal mit ihm in der Klasse, also Theodor und na ja, als wir uns wiedergesehen haben, hat er mich schamlos angebaggert, obwohl er eine Frau hat. Und meinte, dass man sich erzählt, dass ich auf ihn stehe. Der spinnt total. Solche Männer können mir echt gestohlen bleiben, wirklich«, sage ich, als mein Handy klingelt.

»Oh, apropos, das ist Jörg«, sage ich und gehe ran.

Am anderen Ende der Leitung höre ich allerdings nicht Jörg, sondern glücklicherweise Felix.

»Es ist voll schön, Mama!«, ruft er und ich spüre, wie mein Herz heftig klopft. Er fehlt mir, aber ich bin froh, dass er Spaß hat.

»Das ist toll, mein Schatz! Freut mich.«

»Wollte dir sagen, dass ich dich lieb habe.« Ich lächle.

»Ich dich auch, und das freut mich, dass du deswegen anrufst.«

»Gut, dann gehen wir jetzt schwimmen?«, höre ich Jörg sagen und Felix jubelt.

»Ja, Mama! Also, ich bin dann jetzt schwimmen. Hoffe, dir geht es auch gut.«

»Ja, geht es mir«, sage ich und atme tief durch.

»Toll, wenn es dir gut geht, dann geht es mir noch besser.« Er ist ja so süß. »Hab dich lieb, Mama.«

Ich lächle. »Ich dich auch, mein Schatz«, sage ich. Dann tutet es schon. Als ich auflege, sehe ich zu Josh.

»Das war Felix. Er wollte mir sagen, dass er mich lieb hat, und wollte wissen, ob es mir gut geht.«

»Das ist schön.«

»Ja, ist es.«

Mit einem Mal kommt er näher zu mir heran.

»Dann fahren wir mal los und machen die Mama noch glücklicher? Mit einem Café?«

»Du bist schlimm«.

Er lacht. »Weil ich dir helfen will, deine Wünsche zu erfüllen?«

»Ja, irgendwie schon. Warum bist du nur so nett?«

Er zuckt mit den Schultern. »Bin ich das?«

»Ja, finde ich schon.«

»Na ja, weil ich weiß, wie wichtig es ist, dass man trotz Kinder seine Träume nicht vergisst.«

Als wir am Marktplatz ankommen und Josh den Schlüssel ins Schloss steckt, bin ich wirklich leicht nervös.

Doch als wir eintreten, ist die Nervosität verflogen, denn es ist einfach unglaublich. Der Laden ist einfach nur gemütlich und sofort habe ich Bilder im Kopf. Jetzt noch deutlicher, als wenn ich nur von außen hineinblicke. Ja, es ist wirklich so, wie Herr Berger es gesagt hat. Im Kopf habe ich schon alles eingerichtet.

»Wow, also da kann man wirklich was draus machen«, sage ich und er nickt.

Ja, es ist etwas staubig, dennoch ist es sehr heimelig. Ich stelle mir schon vor, wie es sein kann. Und die Bilder wirken nicht wie irgendwelche puderzuckrigen

Träume, die man nicht in die Tat umsetzen kann. Ich gehe durch den Raum und stoppe dann vor der Theke.

»Die Theke funktioniert, und ja, man muss streichen und ein paar Sachen anders stellen. Aber in der Garage ist noch einiges an Möbeln«, sagt Josh.

»Ich denke, wir kriegen das gut hin. Und dort beim Fenster könnte auch die Schaukel sein.«

»Die Wolkenschaukel?«

»Klar.«

Ich winke ab. »Ach das war doch nur Unsinn. Eine Schnapsidee.«

Er lacht. »Ja, Schnaps war auf alle Fälle im Spiel. Aber eigentlich finde ich die Idee ganz passend. Man könnte auch eine kleine Deko-Ecke machen und alles nach den Jahreszeiten immer wieder anpassen. Was meinst du dazu? Kommt nur noch darauf an, wie du das Café nennen willst.«

Gute Frage, denke ich. »Ach, da kommst du noch drauf, aber das mit der Schaukel? Was sagst du?«

»Eigentlich finde ich das eine ganz gute Idee. Warum nicht?«

»Ja, und jetzt für Weihnachten könnte man sogar noch einen Baum hier reinstellen?«, frage ich und er lächelt.

»Auf alle Fälle! Die Kinder könnten ihn auch dekorieren? Oder man könnte auch den Erwachsenen die Möglichkeit geben, ihre Wünsche dort aufzuhängen.«

Ich werde ein bisschen rot.

»Hast du dir schon die Küche angesehen?«, fragt er und ich schüttle den Kopf.

»Na, dann komm. Ich zeig sie dir!«

Wir gehen um die Theke herum in einen kleinen Raum, in dem sich die Küche verbirgt. Dort ist ein Backofen und alle elektrischen Geräte sind bereits vorhanden.

»Das ist ja toll! Wie lang steht es denn eigentlich schon leer? Ich dachte hier, war eine Wäscherei?«

»Ja, es sollte aber wohl ein Café rein, aber das hat nicht geklappt«, sagt er und ich nicke.

»Vielleicht hat der Laden auf dich gewartet?«

Ich lege den Kopf schief. »Ja, genau!« Ich lächle leicht. Schön ist der Gedanke ja schon. »Also gut, das scheint alles zu klappen. Aber was machen wir mit den Möbeln?«

Josh sieht mich an. »Herr Berger meinte, in der Garage ist noch einiges. Zudem könnten wir auch mal herumfragen, was die Leute im Ort entbehren können. So ist jeder irgendwie ein Teil des Cafés.«

»Das ist ein schöner Gedanke«, sage ich und sehe Josh an.

»Also kreativ bist du ja!«, sage ich und er lacht.

»Danke!«

Ja, alles wirkt wirklich so, als sollte es so sein. Wir verbringen noch einige Zeit in dem Laden. Überlegen, was man alles noch machen könnte und wie man alles angeht. Irgendwann haben wir tatsächlich einen Plan aufgestellt und ich kann noch gar nicht glauben, dass ich das hier wirklich mache. Aber ja, es ist so und ich bin wirklich froh darüber.

»Also dann, wollen wir Herrn Berger Bescheid geben?«, fragt mich Josh und ich nicke.

»Ja, ich rufe ihn jetzt mal an und dann können wir alles fertig machen.«

Er nickt und ich nehme das Telefon in die Hand. Als Herr Berger rangeht, machen wir aus, dass er gleich vorbeikommt.

Es dauert nicht lange, da kommt der alte Mann schon und betritt den Laden und in den Augen des alten Berger sehe ich ein gewisses Funkeln.

»Na ihr zwei, ist dann alles klar?«, will er wissen und ich nicke.

»Ja, erstaunlicherweise.«

Er grinst. »Als ob es da wirklich was zu überlegen gab«, sagt er und sieht uns an.

»Also, Josh und ich haben heute schon alles besprochen und wenn es recht ist, dann kann es losgehen. Bis zum Weihnachtsmarkt sollte alles stehen. Auch der Name - da überlege ich noch ...«

»Das klingt gut! Ich bin ganz Ohr.«

Wir berichten schließlich, was wir uns ausgemalt haben und Herr Berger nickt. Die Zeit vergeht ziemlich schnell bei all den Ideen, die wir haben.

»Ich schaue mal in der Garage nach, ob ich schon was rausholen kann. Ist das okay?«, fragt Josh irgendwann und der alte Mann nickt.

Dann stehen wir nur noch zu zweit da.

»Super! Mir gefällt das Konzept wirklich. Ich wusste, du bist die Richtige. Das Warten hat sich gelohnt«, sagt er und lässt seinen Blick schweifen.

»Ja, ich verstehe zwar noch immer nicht, warum ich, aber ich bin wirklich dankbar für die Chance. Josh meinte nur, Sie haben meine Plätzchen gegessen?«

Er lächelt mich an und nickt. »Ja, und sie waren, besonders. Und ich sage nur mal so: Manchmal ist es nicht so leicht, das Offensichtliche zu sehen.«

Ich nicke, verstehe aber nur Bahnhof. »Und was ist das Offensichtliche?«, will ich wissen.

»Die Zeit«, sagt er nur und ich sehe ihn an.

»Für den einen ist sie nicht genug und für den anderen ist sie genau richtig. Als wäre es ewig geplant. Friedl hätte es sich gewünscht. Ich weiß es«, sagt er und ich würde gern mehr wissen.

»Haben Sie Frau Friedl gekannt?«

Doch in diesem Moment kommt Josh zurück.

»Da ist wirklich richtig viel dabei. Ich denke, wir machen das morgen«, sagt er und er lächelt uns an.

»Na, dann machen wir mal die Schlüsselübergabe?«

Er reicht ihn mir und in dem Moment, als ich ihn in der Hand halte, spüre ich tatsächlich ein leichtes Kribbeln. Auch wenn ich noch immer nicht weiß, wie das alles hier zusammenhängt.

Wir treten schließlich aus dem Laden und Josh geht voran zum Auto, während ich noch mit Herrn Berger dastehe. Dieser hebt den Kopf und blickt in den Himmel, der nun bereits dunkel ist.

»Siehst du den Stern da oben, Lene?«

Er deutet auf den hellen Stern - den Wunschstern. Und plötzlich klopft mein Herz viel zu schnell.

»Ja, mir ist der Stern bekannt«, sage ich und lächle. »Aber das ist eine lange Geschichte.«

Er grinst. »Nun, dann weißt du ja, er lässt Wünsche nicht nur wahr werden, er erhellt auch unsere Herzen für das, wonach wir uns wirklich sehnen. Er zeigt uns Träume, zeigt uns so vieles. Man muss nur daran glauben. Und sich dafür öffnen.«

Ich sehe ihn an. »Ja, gar nicht so leicht, oder? Sich zu öffnen für die Wünsche, die man hat.«

»Oh doch, es ist sogar sehr leicht. Denn was ist einfacher, als seine Wünsche auszusprechen. Es ist sogar das A und O im Leben.« Er lächelt und unsere Augen treffen sich.

»Weißt du, Lene, Wunder sind überall. Aber jetzt genug. Ich freu mich schon auf die Eröffnung. Bis dahin«, sagt er und geht einfach los.

Ich wollte noch fragen, ob wir ihn mitnehmen sollen, aber da ist er schon weg.

Sterne, Wunder, Zauber. Ach herrje. Suchend blicke ich erneut zum Himmel, um den Stern noch einmal zu betrachten. Noch immer funkelt er vor sich hin.

Und auch wenn ich all das verrückt finde, spüre ich doch wieder dieses Kribbeln.

»Hab dich vielleicht doch unterschätzt«, flüstere ich, als Josh mit einem Mal neben mir steht.

»Fahren wir? Oder redest du noch mit dem Stern?«

Peinlich berührt drehe ich mich um.

»Alles gut, wir haben heute alles geklärt.«

Schließlich fahren wir zusammen zurück zum Haus.

Als Josh den Wagen stoppt, sehe ich ihn an.

»Danke für alles«, sage ich, als wir aussteigen.

»Gern geschehen«, sagt er und ich nicke.

Unsere Blicke treffen sich und irgendwie denke ich kurz daran, wie es wäre, ihn jetzt nicht gehen zu lassen. Aber dann winkt er.

»Also dann, bis morgen, Lene? Hab nen schönen Abend.«

»Ja, bis morgen. Du auch«, sage ich und dann wende ich mich ab.

Denn was ist einfacher,
als seine Wünsche auszusprechen.
Es ist sogar das A und O im Leben.

KAPITEL 21

Eine Prise Weihnachtszauber

Lene, das ist ja so … süß. Jetzt noch mal alles von vorne, okay? Bevor Josh kommt«, sagt Franzi, als ich sie am nächsten Tag am Telefon habe. Endlich, denn auch von ihr will ich ja noch einiges wissen. Zum Beispiel was mit Kai war.

»Okay, also gestern am Morgen ist er bei mir aufgewacht und …« Ich berichte ihr alles und atme dann tief durch.

»Und tada, jetzt bin ich sozusagen Cafébesitzerin.«

»Wow, also ich finde es ja gut, weißt du ja, und Josh, mal ehrlich, er ist doch echt ein wirklich toller Typ. Ihr habt auch so gut harmoniert.«

»Als ob du das weißt! Du warst doch mit Kai beschäftigt.«

Sie lacht. »Ja, er ist der Wahnsinn! Es war unglaublich. Ich war wie auf einer Wolke die letzten Stunden«, sagt sie und ich lächle.

»Oh Mann, Franzi, kann das alles wahr sein? Dass Wünsche doch wirklich wahr werden?«

»Na ja, also ich würde sagen, gerade spricht ziemlich vieles dafür.«

»Da hast du recht.«

»Glaubst du, dass er mich am Ende wirklich mag, dass er und ich zumindest einen Versuch wert sind?«

»Ja, warum nicht. Und ich denke, der Stern hat ihn dir nicht umsonst geschickt: Es sollte so sein. Und mir hat er vielleicht Kai geschickt, durch Josh. Wie auch immer. Wünsche können wahr werden, aber nur wenn man sich auch was wünscht, was ja logisch ist.«

»Ja, du sagst es«, sage ich, als es klingelt. Das muss sicherlich Josh sein.

Wir hatten ausgemacht, heute in den Laden zu gehen und Farbe auszusuchen.

»Okay, dann melde dich und berichte mir alles«, sagt sie und wir legen auf. Ich sehe noch mal in den Spiegel, dann öffne ich mit klopfenden Herzen die Tür. Doch statt Josh stehen Jörg und Felix da. Ich freue mich natürlich, aber dass sie schon so früh wieder da sind, damit habe ich nicht gerechnet.

»Oh hallo. Na, mein Schatz? Wie war es mit Papa? Du bist ja schon wieder da!«

Er lächelt mich an. Und doch ist da etwas, was ich nicht ganz deuten kann. Ich sehe zu Jörg.

»Schön, es war schön. Wir sind sogar schwimmen gegangen. Das Hotel hatte einen super Pool, aber dann wollte er heim«.

Ich nicke und nehme Felix in den Arm. Der jetzt sogar fast ein bisschen weinerlich wirkt.

»Hab dich vermisst, Mama, deswegen wollte ich heim«, sagt er und mein Herz schmilzt dahin.

»Ich dich auch«, sage ich.

Jörg streicht sich durch das Haar. »Nun, ist schade, ähm, aber gut, wir sehen uns ja dann beim nächsten Mal. Ja, Felix?«

Felix nickt und Jörg räuspert sich schon wieder.

»Ich meld mich dann. Heike ist im Auto, Felix hat leider auf ihren hellen Blazer … na ja …«

Ich sehe Felix an. »Gekotzt«, ruft er.

»Oh, Schatz, hast du brechen müssen? Hast du zu viel Schokolade gegessen?«

Er nickt und ich sehe zu Jörg.

»Tja, das passiert dann. Aber sie hat ja zum Glück eine Reinigung.« Ich lächle ihn zuckersüß an.

»Nun, ja … Gut, also dann mach es mal gut, Kleiner, wir sehen uns bald wieder«, sagt er und streicht Felix durchs Haar. Dann wendet er sich ab und ich schließe die Tür.

»Oh weh. Geht es dir noch schlecht?«, frage ich, aber Felix schüttelt den Kopf.

»Nein, bin ja jetzt bei dir. War schon schön, aber trotzdem …«

»Weißt du was? Wir legen uns jetzt aufs Sofa und schauen uns einen Film an. Hast du Lust?«

Er sieht mich strahlend an.

»Ja, das machen wir«, sagt er, löst sich von mir und springt zum Sofa, als es erneut klingelt.

Ich öffne die Tür und sehe, dass es Josh ist.

Ach Mist, ja wir wollten ja in den Laden wegen der Farbe.

»Hey«, sage ich und er lächelt.

»Hey, na, wollen wir los?«

Ich schüttle den Kopf, doch ehe ich was erklären kann, steht Felix mit einem Mal da.

»Hallo«, sagt er und Josh grinst.

»Hallo, bist du schon wieder da?«

»Ja, war schon okay, aber hab gekotzt! Und wollte zu Mama.«

Josh legt den Kopf schief. »Ach, das ist aber blöd.«

Felix schüttelt den Kopf und plötzlich kommt Jörg zurück zur Tür.

»Lene? Felix …«

Was will er denn? »Ja?«

»Ich hab Nino vergessen und wollte nicht, dass es Drama gibt.« Er hält das Kuscheltier von Felix in der Hand, der jetzt strahlt.

»Nino!«, ruft er und ich nicke.

»Danke, ist lieb, dass du noch mal zurückgefahren bist.«

»Nun, gut.« Er mustert Josh. »Also dann würde ich sagen, ich schaue, dass ich in zwei Wochen da bin?«, sagt er und ich nicke.

Josh sieht mich an.

»Da ist die Eröffnung, sollte Felix da nicht dabei sein?« Er hat recht.

»Ach so, ja also, vielleicht kannst du eher? Oder wir schieben, aber lass uns da einfach telefonieren …«

Jörg hebt fragend eine Augenbraue. »Was für eine Eröffnung?«, fragt er und auch Felix sieht mich an.

Mist, ich wollte ihm das doch anders erklären. Nicht so zwischen Tür und Angel.

»Also, schön: Ich werde ein Café eröffnen.«

Er sieht mich fragend an. Dann schüttelt er den Kopf.

»Du machst Witze, oder?«

»Nein, ich mache ganz und gar keine Witze. Felix, was sagst du? Kuchen, Plätzchen, Lebkuchen, Kaffee, Tee, heiße Schokolade und Eis im Sommer. All das gibt es in Mamas Café.«

Felix strahlt. »Boah! Echt? Dein eigenes Café, Mama?«

Ich nicke und freue mich, dass er so reagiert.

»Ernsthaft? Ein Café, aha!«, sagt Jörg und mustert Josh.

»Ja, ein Café und Lene ist wirklich begabt; sie backt unfassbar gut. Alle freuen sich.«

»Ah ja. Und Sie sind?«

»Ach, ich bin nur der Handwerker, der Helfer-Elf oder so was Ähnliches«, sagt er und Jörg mustert ihn erneut angespannt.

»Aha, na das ging ja schnell.«

Spinnt er? Hat er das eben wirklich gesagt?

»Ja, nicht wahr? Ging ganz schön schnell, fast so wie bei dir! Richte Heike schöne Grüße aus – tut mir echt leid wegen des Blazers«, sage ich und lächle.

»Sehr witzig. Nun, ich muss dann«, sagt er und sieht zu Felix.

»Bis dann, Kleiner.«

»Bis dann.«

Jörg wendet sich ab und ich sehe zu Felix. »Erzähl, Mama! Wirklich ein eigenes Café?«

»Ja, jetzt weißt du es. Ich wollte es dir eigentlich erst drin erzählen.«

»Das ist so cool!« Dann sieht er Josh an.

»Und du bist der Helfer-Elf?«

»Ähm, ja, wie gesagt«, sagt er und streicht sich durchs Haar.

»Das ist so cool, Mama, kann Josh uns vielleicht dann auch helfen, jetzt das Haus zu schmücken?«

Ich sehe zu Josh und dann zu Felix.

»Wie meinst du das? Jetzt schmücken? Ich dachte, wir schauen einen Film?«

»Danach, aber jetzt schmücken wir. Weihnachtlich, ach bitte ...«

Ich will gerade sagen, dass Josh sicher was anderes zu tun hat, aber dann sagt er schon: »Klar! Warum nicht? Machen wir das.«

Und dann machen wir uns zu dritt ans Werk. Wir holen die Weihnachtsdekoration, die Felix schon am ersten Tag unbedingt benutzen wollte, um alles zu schmücken, und fangen an zu dekorieren. Josh hat tolle Ideen, befestigt Lichter an der Treppe und Felix ist mit voller Begeisterung dabei, ihm zu helfen. Irgendwann beschließe ich noch, die Plätzchen in den Ofen zu schieben, die ich vorbereitet habe, während die Jungs in ihrem Element sind. Ich mache Musik an, wir singen Weihnachtslieder und als wir schließlich fertig sind, muss ich lächeln, wie schön alles geworden ist. Die Fenster sind mit funkelnden Lichterketten verziert. Überall im Haus hängen Weihnachtskränze und kleine Dekorationen, und der Duft von frisch gebackenen Plätzchen erfüllt die Luft.

Felix ist überglücklich und umarmt uns beide unerwartet ganz fest. Viel zu schön, um wahr zu sein, denke ich diesem Moment.

»Und jetzt? Können wir einen Film schauen? Magst du auch, Josh?«

»Einen Film schauen? Welchen denn?«

»Elfen helfen?«

Josh lacht. »Ist der gut?«

Felix sieht ihn an. »Ja, sonst würde ich ihn ja nicht schauen wollen und du bist doch auch ein Elf.«

Ich sehe zu Josh. »Alles gut. Er hat sicher keine Zeit und wir haben Josh jetzt schon sehr eingespannt und …«

Doch dann lächelt er mich an. »Doch. Wenn ich darf?«

Felix lacht. »Sonst hätte ich nicht gefragt.«

»Na gut, dann schauen wir uns einen Film an.«

Ich hole die kuschelige Decke und setze mich zu Felix. Josh sitzt daneben und so schauen wir den Film an und essen Plätzchen.

Felix lacht, als der Elf irgendeinen Unsinn macht, und Josh berührt irgendwann meine Hand. Erst denke ich, dass es zufällig ist, aber dann, als er sie erneut streicht, glaube ich nicht mehr daran. Und auch wenn ich nicht weiß, was ich wirklich davon halten soll, finde ich es schön.

Als der Film zu Ende ist, ist Felix noch ganz begeistert. Und er ist neugierig wegen des Cafés. Er will, dass ich es ihm unbedingt zeige, und ich verspreche es ihm. Wir spielen zusammen Spiele und die Zeit verfliegt. Irgendwann wird es spät.

»Jetzt müssen wir ins Bett«, sage ich und er verzieht die Lippen.

»Ach nööö, schon?«

»Ja, morgen ist Kindergarten. Sag Tschüss zu Josh und geh schon mal nach oben zum Zähneputzen. Ich komme gleich.«

Er nickt. »Okay. Tschüss, Josh, bis bald«, ruft er. Dann hopst er die Treppen nach oben ins Bad.

»Das war echt ein schöner Tag«, sagt Josh zu mir.

»Ja, ich freue mich, dass Felix alles so gut aufgenommen hat.«

Er nickt. »Freut mich auch. Also dann, wir sehen uns morgen?«

Ich nicke. »Ja, also bis morgen.«

»Lene …« Er sieht mich an und ich frage mich, was er mir sagen will, als Felix ruft: »Mama, schau mal …«

Josh winkt ab. »Wir reden morgen. Also dann, schlaf gut.«

Kurz frage ich mich, wie es wäre, wenn wir uns wieder küssen, aber dann besinne ich mich.

Das geht jetzt gar nicht.

»Schlaf du auch gut«, sage ich und dann wendet er sich ab. Doch nicht, ohne sich noch mal umzudrehen.

»Du bist echt toll …«

Hat er das eben gesagt? »Ja? Bin ich das?«

Er nickt. »Ja, schon sehr … Wollte dir das nur mal sagen.«

»Danke. Du bist auch ganz toll.«

Er lacht. »Gut zu wissen.« Dann winkt er und ich schließe die Tür. Was war das eben? Keine Ahnung, aber mein Herz klopft immer noch ziemlich heftig.

KAPITEL 22

Café Wunscheck: Ein Traum wird Wirklichkeit

In den nächsten Tagen haben wir alle viel Zeit im Café verbracht und jeder hat fleißig mitgeholfen, um alles vorzubereiten. Mit einem Mal bin ich einfach nur noch aufgeregt und freue mich darauf, das Café herzurichten. Felix war ganz begeistert, als er alles gesehen hat, und hat auch geholfen, die Wandfarbe mit auszusuchen. Ja, es war ein scheinbar unsinniger Wunsch, aber doch ist daraus jetzt schon beinahe Wirklichkeit geworden. Mit jedem Tag, an dem wir mehr im Café arbeiten und alles vorbereiten, wird es heimeliger. Die zarte Roséfarbe an den Wänden sorgt für eine gemütliche Atmosphäre und lädt zum Verweilen ein. Die Möbel aus der Garage verleihen allem einen rustikalen, aber doch gemütlichen Charme.

»Sieht so schön aus, wie ein Wunscheck«, sagt Felix am Ende der Woche und ich lächle.

»Ja, das stimmt. Na dann haben wir unseren Namen Café Wunscheck«, sage ich und umarme ihn.

Ja, Wunscheck, irgendwie klingt es schön und als ich den Namen auf den Flyern lese, die wir gedruckt haben, geht mir wirklich das Herz auf.

Josh kommt schließlich noch mit einem Baum, den wir gemeinsam aufstellen.

»Sieht schön aus, noch nicht geschmückt, aber gut. Jetzt noch die Kekse und das Gebäck vorbereiten, damit wir am Morgen alles in die Auslage legen können. Und dann können wir eigentlich gehen.«

Ich lasse meinen Blick noch mal schweifen.

»Irgendwie schon verrückt. Als ich hergekommen bin, wusste ich gar nicht, was ich mit mir anfangen sollte, und jetzt das.«

»Ja, manchmal werden Wünsche wahr.«

Ich lache.

»Schon, aber dennoch. Für mich ist das nach allem, was in den letzten Jahren war, schon etwas ziemlich Großes.«

»Natürlich ist es das.«

»Ja, absolut. Ich meine, ich habe mir das niemals zugetraut und irgendwie nur durch all die lieben Menschen hier - damit meine ich auch dich - hat sich alles verändert. Und Felix ist glücklich und na ja … er bekommt eine tolle Weihnachtszeit. Auch durch dich.«

»Danke. Jetzt fehlt nur noch Schnee, oder? Damit er mal den Schlitten ausprobieren kann.«

»Das stimmt.«

»Jörg hat es mir nicht zugetraut, aber ich denke, es ist nicht allein seine Schuld. Ich *selbst* habe es mir nicht zugetraut. Na ja …«

»Tja, und jetzt schau dich an, Lene. Die Dinge ändern sich manchmal schneller zum Positiven, als man denkt.« Mit einem Mal wirkt er sehr nachdenklich. Doch dann lächelt er.

Ich wende meinen Kopf zu ihm und blicke ihm in die Augen.

Kurz ist da wieder was zwischen uns, als ich sehe, dass Mama und Felix sich dem Laden nähern. Sie wollten alles noch mal sehen, bevor der große Tag ansteht. Als sie eintreten, sehe ich sie an und Felix strahlt.

»Mama, das ist ja schön.«

Ich gehe zu ihm und drücke ihn an mich. »Ja, was sagst du? Sieht es gut aus?«

Meine Mutter lässt nun den Blick wandern. »Es ist wunderschön, Lene.« Sie reibt sich die Hände, um sich aufzuwärmen.

»Das wird einfach toll werden morgen«, sagt Felix und ich nicke. »Und der Baum ist ja toll«, sagt er, und ich stimme ihm zu.

»Ja, oder?«

»Aber der ist ja noch gar nicht geschmückt?«, bemerkt er, und ich nicke.

»Das müssen wir ändern! Wollen wir ihn noch schmücken?«

»Das ist eine gute Idee, Großer. Ich würde sagen, wir machen das jetzt«, sagt Josh. Schließlich schmücken wir alle zusammen den Baum. Ich muss sagen, es ist einfach schön. Josh und Felix albern sogar herum. Und auch meine Mama lächelt.

»So, jetzt müssen wir nur noch das Licht anmachen«, sagt Josh irgendwann. Draußen ist es bereits dunkel geworden, und ich lächle. »Gut, seid ihr bereit? Eins, zwei …« Und dann erstrahlt der Baum in voller Pracht. Ich lächle.

»Das sieht toll aus«, sagt Felix und freut sich. »So habe ich es mir gewünscht«, sagt er, und Josh steht plötzlich neben mir. Meine Mutter grinst, und ich rolle mit den Augen. Ich weiß schon, was sie denkt, aber nein. Und doch hüpft mein Herz unter meiner Brust.

»Nun, dann gehen wir mal«, sagt Josh irgendwann, und ich nicke.

»Ich packe den Kleinen ein, und wir sehen uns dann morgen.«

Dann kann sich Mama vor dem großen Tag ausruhen. Wir verabschieden uns, schließen den Laden ab und ich steige zu Josh ins Auto.

Als wir zu Hause in unserer Straße parken, atme ich tief durch.

»Danke. Das war toll heute, danke für alles, deine Hilfe - ich hätte das ohne dich nicht hinbekommen …«

»Gern geschehen. Ich habe das wirklich von Herzen gemacht«, sagt er, und ich sehe ihn an.

»Damit meine Wünsche wahr werden?«

Er lacht. »Ja, schon ein wenig. Und weil ich dich wirklich mag, Lene.«

Kaum hat er die Worte ausgesprochen, ist da wieder dieses Kribbeln. Weil er mich so ansieht, mit diesem Blick.

»Was verrückt ist. Ich meine, du …«

»Ich?«

»Na ja, mal ehrlich: Du bist schon ziemlich scharf und warum verbringst du so gern Zeit mit mir?«

»Nun, weil es schön ist. Und weil ich es mag, wie du bist.«

So wie er es sagt, klingt es ganz ehrlich. Und doch kann ich das noch immer nicht glauben. Er und ich?

Das geht doch nicht.

»Das hat noch kein Mann zu mir gesagt«, sage ich und er lächelt.

»Also dann sehen wir uns morgen?«

»Klar, also dann bis morgen.«

KAPITEL 23

Zu viel des Guten

Bis morgen, aber warum denn? Ich meine, wie viel Zeichen musst du noch bekommen, dass er es ernst mit dir meint, dass er dich mag?«, ruft Franzi ins Telefon.

»Der arme Stern, also wirklich. Er kann machen, was er will, aber du … Jetzt geh schon rüber und küss ihn. Was hält dich ab?«

»Ich weiß nicht, ich …«

»Du was? Er hilft dir mit dem Laden, er versteht sich mit Felix, also vor was hast du Angst?«

»Vermutlich wieder enttäuscht zu werden.«

»Aber wenn man nichts wagt, dann wird man nichts gewinnen. Ist genauso wie mit den Wünschen, wenn man sich nichts wünscht, dann kann auch nichts in Erfüllung gehen.«

Sie hat recht. Und Josh, ja, er scheint wirklich Interesse an mir zu haben.

»Also schön, was soll ich jetzt machen? Einfach zu ihm gehen? Und ihm sagen, dass ich ihn auch mag?«

»Wäre doch eine Idee. Und dann genießt du den Abend mit ihm. Bring ihm Plätzchen, sag, du wolltest ihn noch mal was probieren lassen oder so?«

»Ist das nicht total schlecht?«

»Ach, ist doch so was von egal.«

»Ja, mal sehen, ich lege jetzt auf«, sage ich und Franzi lacht.

»Bis dann, wir sehen uns morgen und viel Spaß.« Sie kichert.

Na toll. Als wir aufgelegt haben, sitze ich noch einen Moment da und denke nach. Ich habe wirklich noch einiges an Gebäck, was ich Josh bringen könnte. So als Vorwand. Oh Mann, was ich schon wieder für Gedanken habe!

Und dann ist da ein weiterer: Warum eigentlich wirklich nicht? Ja, wenn ich es nicht wage, dann kann ich auch nichts gewinnen. Und so trete ich fest entschlossen aus dem Haus.

Als ich mich auf dem Weg zu ihm mache, leuchtet der Stern über meinem Kopf. Kurz sehe ich zu ihm.

»Schau mich nicht so an«, sage ich und grinse. In der Hand habe ich eine Dose mit Plätzchen und gehe auf die Tür von Josh zu.

Ich will gerade klingeln, als ich durch das Fenster sehe, dass er nicht allein ist. Oh. Damit habe ich wirklich nicht gerechnet. Doch es ist so und es ist die junge Frau, die bei ihm steht, lacht und ihn umarmt.

Oh. Damit habe ich wirklich nicht gerechnet. Oder doch? Die Tür geht auf. Mist.

Um nicht entdeckt zu werden, schleiche ich mich hinter die dicke Tanne.

»Ach ja, ich bin ja mal gespannt, wie das wird.« Die Frau lächelt ihm zu.

»Ich auch, aber wir machen das schon. Das wird auf alle Fälle eine Überraschung!«

Sie drückt ihm einen Kuss auf die Stirn.

»Bis dann, mein Großer«, sagt sie und ich schlucke.

Zumindest habe ich jetzt Gewissheit. Ich bin so blöd. Na prima. Wenigstens habe ich jetzt die Bestätigung. Ich bin offiziell ein echtes Verwirrpaket. Ich klatsche mir mental gegen die Stirn.

Einen Moment habe ich mich von dieser ganzen Wünsche-gehen-in-Erfüllung-Sache beeinflussen lassen. Aber vielleicht sollte ich lieber damit zufrieden sein, was mir gerade so passiert. Und mit Josh. Ja, das wäre einfach zu viel des Guten.

»Was? Warum?«, ruft Franzi, als ich sie am Telefon habe.

»Nichts warum. Er war nicht allein.«

»Aber das ist doch kein Grund, ihn gleich zu verteufeln.«

»Nein, aber mal ehrlich, ich war so lange blind bei Jörg und …« Ich schlucke.

»Das will ich nicht noch mal.«

»Aber hast du nicht gerade gesagt, dass er dir sogar geschrieben hat? Also will er dich doch sehen.«

»Ja und ich habe gesagt, es geht nicht, weil Felix sich nicht wohlfühlt und deswegen doch bei mir ist.«

»Das ist total bescheuert.«

»Na und, dann ist es das eben, aber für was hat man Kinder?«

Ich blicke aus dem Fenster und sehe ihn genau in dieser Sekunde auf mein Haus zugehen. Oh nein.

»Er kommt! Ich glaube, ich … ich verstecke mich«, sage ich und Franzi räuspert sich.

»Also wirklich, Lene, verhalte dich mal erwachsen«.

Ich rolle mit den Augen.

»Sag einfach nichts … okay …« Schnell ducke ich mich, damit er mich durch das hell erleuchtete Fenster nicht sehen kann.

»Was mache ich jetzt? Also, wenn er klingelt?«

»Keine Ahnung, wie wäre es mit der Wahrheit sagen?«

»Sehr witzig …«

Im nächsten Moment werden meine Befürchtungen wahr. Denn schon klingelt es an die Tür.

»Lene?«

»Psst«, murmele ich und sie lacht.

»Ich hänge dir was an die Tür und hoffe, es geht Felix schnell besser«, sagt Josh.

Irgendwas raschelt und dann entfernt er sich. Okay, Glück gehabt.

»Er ist weg«, sage ich und sie lacht.

»Ja, aber macht es das besser?«

»Keine Ahnung«, sage ich, dann mache ich die Tür auf und sehe, dass er etwas daran gehängt hat. Eine Tüte …

Als ich reinschaue, klopft mein Herz. Darin sind ein paar wirklich süße Dinge fürs Wohlbefinden.

»Oh Mann, er hat wirklich ein kleines Wärmekissen gekauft. Und Tee und ein Buch.«

»Das ist aber lieb«, sagt Franzi und ich schlucke.

»Ja, aber, ach was weiß ich. All das ist doch komisch, doof und …«

»Nein, du solltest einfach mit ihm reden. Es nicht zu tun, ist komisch und doof.«

Nachdem wir das Gespräch beendet haben, beschließe ich, noch eine Weile fernzusehen, um die Einsamkeit zu vertreiben. Ich ziehe alle Vorhänge zu, lege mich aufs Sofa und kuschle mich in eine Decke. Doch dann klopft es wieder …

KAPITEL 24

Ein unerwarteter Besuch

Ich zucke zusammen. Kann das schon wieder Josh sein? Ich stehe auf und schleiche zur Tür. Ich bin aufgeregt und mein Herz schlägt aus dem Takt. Doch dann höre ich eine ganz andere Stimme.

»Lene, bist du da?« Es ist die Stimme von Herrn Berger, dem alten Mann. Ich atme erleichtert aus.

Okay, was kann er jetzt von mir wollen? Ich streiche mir die Haare glatt und öffne die Tür. Sofort lächelt er mich an.

»Tut mir leid, es ist schon spät, aber ich musste noch mal bei dir vorbeikommen«, sagt er und sieht mich mit einem Lächeln an.

Er mustert mich, und mir wird klar, dass ich in meinem Jogginganzug und trotz frisurrettender Maßnahmen sicherlich ziemlich merkwürdig aussehe.

»Alles gut, ich lag nur auf dem Sofa. Felix ist bei meiner Mutter, und ich versuche, meinen Kopf ein bisschen freizubekommen.«

»Verstehe ich. Morgen ist ja auch der große Tag.«

Ich nicke. »Ja, unglaublich. Ehrlich gesagt … aber kommen Sie doch gern rein«, sage ich, und er lächelt. Dann tritt er in meine Wohnung.

Er hat eine Tasche dabei, und ich frage mich, was er darin hat.

»Ich habe gar nicht aufgeräumt«, sage ich und er lacht.

»Keine Sorge, ich werde ganz sicher nicht anfangen zu putzen«, sagt er, dann mustert er mich.

»Alles gut. Freuen Sie sich auf morgen?«

»Ja, schon. Ich schätze, es wird schon schiefgehen«, antworte ich.

»Es wird wunderbar, da bin ich ganz sicher, und Sie hatten ja wirklich viel Hilfe. Alle freuen sich auf den morgigen Tag. Endlich ist mal wieder was los im Ort«, sagt er, und ich nicke.

»Ja, vermutlich.«

Mit einem Mal sieht er mich ernst an. »Ach herrje, was liegt Ihnen denn auf dem Herzen?«, fragt er mit einem Mal ganz unerwartet, und ich hebe eine Braue.

»Ach, nichts, also …«

»Also?«

Ich seufze und setze mich auf das Sofa. Er setzt sich neben mich.

»Ich habe mir das immer gewünscht. Ein Café zu haben war mein Traum. Aber jetzt … jetzt habe ich doch ein bisschen Angst. Dass ich die Leute enttäusche, dass ich nicht gut genug bin. Dass ich keine Zeit für meinen Sohn habe. Das … ach, so vieles ist da in meinem Kopf. Und ja, ich hatte viel Hilfe und bin dankbar dafür. Gerade Josh war die ganze Zeit für mich da und …«

»Und Sie mögen ihn. Richtig?«

Ich winke ab. »Ja, er ist schon ganz okay …«

Jetzt lacht er. »Wissen Sie, warum ich Sie ausgesucht habe, Lene?«

Ich schüttle den Kopf.

»Weil Sie nicht nur gut sind, sondern herzlich und weil Sie es verdient haben. Ich weiß, Sie erinnern sich nicht an mich. Aber Friedl hat schon immer von Ihnen geschwärmt.«

Ich sehe ihn an.

»Ehrlich?«

»Ja, und weil ich gespürt habe, wie sehr Sie es wollen. Dieses Café. Und Sie genau das auch brauchen. Wir Erwachsene haben auch Wünsche. Träume. Sehnen uns nach Liebe.«

Nachdenklich sehe ich ihn an. »Ja, schon …«

»Nun, und ich hatte die Aufgabe, die Richtige zu finden. Im Auftrag von Friedl. Und das habe ich. Also, jetzt keine Zweifel mehr und dann wird alles wunderbar werden. In jeder Hinsicht. Ganz sicher.« Er steht auf und greift an seine Tasche. »Was lange währt, wird am Ende gut«, sagt er und zieht etwas aus der Tasche. Ein kleines Geschenk. Eingepackt in rotes Papier.

»Ist das für mich?«

»Ja, aber erst öffnen, wenn der morgige Tag vorbei ist, ja?«

Ich nicke, auch wenn ich ziemlich neugierig bin.

»Okay«, sage ich und er lächelt.

»Also dann, Lene, wir sehen uns morgen.« Dann geht er zur Tür und öffnet sie.

»Und denken Sie daran: nicht vorher reinsehen.«

KAPITEL 25

Der große Tag

Und dann ist er einfach da – der Tag der Eröffnung. Mein Herz klopft heftig unter meiner Brust, als ich die Augen öffne. Wir sind gut vorbereitet, haben alles durchdacht, was soll denn eigentlich schon schiefgehen, denke ich mir und denke auch an den Besuch vom alten Berger. Wie nett es war, dass er am Abend noch zu mir gekommen ist, um mir Mut zu machen. Um mir dieses kleine Geschenk zu bringen. Keine Zweifel, meinte er, und doch sind da immer wieder diese Sorgen, die mich nicht ganz loslassen.

Als mein Telefon klingelt, weiß ich genau, wer es ist: Franzi. Sicherlich möchte sie wissen, wann wir uns jetzt genau im Café treffen, obwohl wir das schon gefühlte hundert Mal ausgemacht haben. Ich nehme das Gespräch an und höre sie am anderen Ende der Leitung freudig rufen: »Der große Tag ist da! Na, hast du gut geschlafen? Bist du aufgeregt? Tut mir leid, ich hab tausende Fragen«, ruft sie und ich muss lächeln.

»Natürlich bin ich aufgeregt, aber es wird schon schiefgehen.«

»Unsinn! Da wird gar nichts schiefgehen. Es wird einfach nur grandios werden. Alle freuen sich! Also, ähm, wann treffen wir uns jetzt genau?« Sie lacht. »Du merkst, ich bin auch aufgeregt.«

»In zwei Stunden?«

Oh Gott, in zwei Stunden schon. Allein bei dem Gedanken dreht sich mir der Magen um.

Bereits in zwei Stunden werden wir also schon im Café sein.

Doch wahrscheinlich ist das wirklich besser, als hier die ganze Zeit zu Hause rumzusitzen. Ich blicke auf die Uhr. Gleich wird sicherlich auch Mama mit Felix vorbeikommen. Sein Outfit habe ich schon herausgelegt, denke ich, als Franzi fragt: »War gestern eigentlich noch was mit Josh?«

Ich atme tief durch. »Nein, er hat mir eine Tüte an die Tür gehängt mit einem Buch und ein paar lieben, kleinen Dingen, aber mehr war nicht, wie du weißt. Bestimmt wird er mich heute fragen, wie es dem Kleinen geht«, sage ich und Franzi seufzt.

»Ja, und du hast gelogen. Kind krank und all das. Ich finde ja immer noch, du hättest mit ihm reden sollen.«

Ich nicke, auch wenn ich weiß, dass sie es nicht sehen kann.

»Ja, vielleicht hätte ich das tun sollen. Aber ehrlich gesagt, hatte ich gestern keine Nerven dafür.«

»Ja, aber ihr hattet so einen schönen Tag und dann schiebst du ihn weg? Nur weil du diese Frau gesehen hast? Ich meine, wer weiß, wer sie ist und was es damit auf sich hat!«

Damit hat sie auch wieder recht und doch ist die Tatsache einfach so, dass ich gestern innerlich zu angespannt war.

»Ja, aber reden wir jetzt nicht mehr darüber. Ich bin echt nervös!«

»Klar. Tut mir leid!«

»Na gut. Mal sehen, wie es wird«, sage ich und strecke mich.

»Also, ich muss mich jetzt wirklich duschen und fertig machen. Wir treffen uns ja schon gleich.«

Als wir das Telefonat beenden, springe ich in die Dusche. Ich will keine Zeit mehr verlieren und hoffe auch, dass die Wasserstrahlen meine Nervosität ein bisschen wegspülen.

Als ich aus der Dusche trete, fühle ich mich wirklich etwas besser.

»Das wird schon«, rede ich mir zu. »Es wird schon«, sage ich erneut, als es klingelt.

Das müssen Mama und Felix sein. Ich wickle mir das Handtuch um den Körper und sprinte nach unten, öffne die Tür, doch als ich die Tür aufreiße, stehen nicht Mama oder Felix vor mir, sondern Josh.

»Oh, was machst du denn hier?«, frage ich und er sieht mich an.

»Also, ich wollte einfach mal nach euch sehen. Wie es euch heute Morgen geht und ob es Felix besser geht.«

Ich nicke. Okay, das ist gar nicht gut. Am besten tue ich so, als ob Felix noch oben im Zimmer ist.

»Ja, es geht ihm heute schon besser. Bei Kindern geht es immer ganz schnell. Einmal ein bisschen zu viel Süßigkeiten gegessen und schon dreht sich der ganze Magen um. Also tut mir leid, dass es dann gestern nicht geklappt hat.«

Er mustert mich.

»Ich muss jetzt wirklich wieder nach oben und mich fertig machen, okay?«

»Ja, klar, sorry«, sagt er und lächelt mich an. Irgendwas ist da in seinem Blick, als wollte er mir etwas sagen.

Doch plötzlich steht meine Mama mit Felix da und ruft: »Heute ist er da, der große Tag! Guten Morgen!«

»Guten Morgen, Mama!« Felix umarmt mich und sieht dann zu Josh.

»Guten Morgen«, sagt dieser, sieht mich an, dann meine Mutter und wendet sich dann Felix zu.

»Na, wie geht es dir heute?«, fragt er und Felix sieht ihn lächelnd an.

»Super! Ich habe ganz gut geschlafen. Oma hat mir was vorgelesen. Und ich freu mich heute aufs Spielen und Naschen!«

Okay, kann es noch unangenehmer werden? Josh sieht mich an und ich merke, wie bescheuert das gerade ist.

»Ja, gut also, wir sehen uns dann später. Ich muss auch mal los«, sagt er.

Oh Mann, das ging wirklich in die Hose. Aber ich habe keine Zeit, mir darüber Gedanken zu machen.

»Was hat er denn?«, fragt meine Mutter jetzt auch noch und ich zucke mit den Schultern. »Keine

Ahnung. Ich glaube, wir sind einfach nur alle etwas angespannt. Na, mein Großer, dann ziehen wir dir mal dein schönes Outfit an, was meinst du? Freust du dich?«

Felix strahlt. »Ja! Hab ich doch schon gesagt! Ich freu mich ganz arg und ich freu mich, dass Nika kommt und wir spielen können und alles.«

Ich lächle. »Super, na dann wollen wir mal«, sage ich und trotzdem spüre ich innerlich den Stich in meiner Brust, den ich mir natürlich nicht anmerken lasse.

Meine Mutter mustert mich etwas skeptisch und doch möchte ich dem Gespräch jetzt aus dem Weg gehen. So gehe ich mit Felix und meiner Mutter ins Haus und mache mich daran, mich fertig zu machen. Oh Mann, Josh ist jetzt sicher sehr sauer auf mich. Ich muss es auf jeden Fall später klären, doch jetzt bleibt dafür keine Zeit.

Eine halbe Stunde später sind wir alle fertig und bereit für das Café. Ich stecke den Schlüssel ins Schloss, um aufzusperren.

»Na, dann machen wir mal alles bereit für den großen Tag«, sagt Franzi, die auch schon mit Nika da ist. Auch Silke und Nadja helfen mit. Meine Mutter passt auf, damit die Kinder spielen können.

Als das Gebäck in der Auslage liegt und der frische Duft sich breitmacht, stelle ich die Lichter auf die Tische und kümmere mich um die Dekoration.

Franzi kehrt noch mal den Boden und die Zeit verfliegt unheimlich schnell. Irgendwie dachte ich, dass Josh kommen würde, doch ich habe ihn noch nicht gesehen. Vielleicht kommt er auch gar nicht mehr? Eigentlich war es ja ausgemacht und doch ist keine Spur von ihm.

Als es Nachmittag ist, wird es langsam dunkel und die Menschen tummeln sich bereits auf dem Marktplatz. Vor der Tür ist ein Karussell für die Kleinen aufgestellt, was uns zugutekommt, und als wir die Tür ganz offiziell aufsperren, ist bereits ein ziemlicher Andrang. Die Leute freuen sich auf die Möglichkeit, einen Kaffee zu trinken, bei uns zu essen, die Plätzchen, Kuchen und Gebäcke zu probieren, und so haben Angst und die Zweifel gar keine Chance.

Es werden Fotos gemacht und Jung und Alt treffen sich. Der ganz Ort ist hell erleuchtet und ich bin einfach nur dankbar.

Ich bin so in meinem Element, dass ich fast nicht merke, dass Josh auf mich zukommt. »Hey«, sagt er und ich sehe ihn an.

»Hey. Schön, dass du da bist.«

»Ja, läuft ziemlich gut, oder? Auch die Wolke. Die Leute machen viele Fotos.«

Ich nicke. »Ja, sie ist toll.«

Franzi nickt uns zu und auch Felix kommt jetzt zu Josh.

»Hallo Felix. Ist das nicht voll schön?«, sagt er und nickt meinen Sohn zu.

»Das ist es! Hat deine Mama toll gemacht.«

Ich winke ab. »Nur dank euch allen. *Wir* haben das toll gemacht!«

Er lächelt. »Also, ich bin dann mal wieder draußen«, sagt er und ich nicke.

Oh Mann, warum ist es jetzt so komisch zwischen uns. Warum wohl? Weil ich eine Lügnerin bin?

Ich muss das klären, denke ich, als ich sehe, wie er zu einer jungen Frau geht. *Der* jungen Frau. Sofort zieht sich in mir alles zusammen.

»Ist sie das?«, will Franzi wissen, die neben mir auftaucht, und ich nicke.

»Ja, ich habe alles richtig gemacht«, sage ich nur und merke, wie ich angespannt bin, auch wenn ich es nicht will.

Als man von draußen den Chor singen hört und Weihnachtslieder durch das Café hallen, blicke ich nach draußen.

Alle sind versorgt und ich atme mal kurz durch. Josh steht auch noch da, redet mit der Frau und ich sehe, wie sie ihm ein Küsschen auf die Wange gibt.

Na dann. Weitere Gedanken sind also völlig bescheuert.

Ich mustere die beiden, als sich unsere Blicke treffen. Ich schlucke, als mich Josh ansieht. Eigentlich ist es zu schade. Ich dachte, dass da wirklich irgendwas zwischen uns ist.

Doch dann denke ich nicht mehr drüber nach, denn in diesem Moment kommen der Bürgermeister, die Ratsmitglieder und auch Herr Berger auf mich zu.

»Glückwunsch zu diesem tollen Café!«, sagt der Bürgermeister und ich nicke.

»Danke. Ist alles Teamarbeit und dem Vertrauen von Herrn Berger geschuldet.« Dieser lächelt mich an.

Die Leute blicken nun alle zu uns und der Bürgermeister richtet das Wort an alle: »Liebe Winterberger und liebe Besucher der Stadt. Schön, dass so viele hier versammelt sind. Ab heute wird es dieses Café hier in unserem Ort geben und wir freuen uns sehr darüber. Eine längere Zeit stand es leer und jetzt hat es wieder Leben in sich. Wir danken Lene, dass sie mit ihren Lieben bereitstand, und wir hoffen auf ein gutes Gelingen. Doch nun übergebe ich das Wort an Lene.«

Was? Nein! Ich bin darauf gar nicht vorbereitet …

Doch da gibt er mir schon das Mikrofon.

»Ähm, hallo alle zusammen. Ich bin Lene und ich danke jedem Einzelnen, der gekommen ist.« Ich atme tief durch. »Als ich das Angebot bekommen habe, ist ein Traum wahr geworden, auch wenn ich ehrlich gesagt mehr Angst hatte, denn auch wenn man sich was wünscht, hat man oftmals Sorgen, wenn die Wünsche wahr werden. Doch jemand hat mir mal gesagt, dass es Wünsche wert sind und darüber bin ich dankbar.

Dieses Café soll ein Ort für alle sein. Für Mütter, Väter, Kinder, Menschen, die einfach mal abschalten wollen, und es soll Glück bringen. Gerade in der Weihnachtszeit sehen wir uns nach Wünschen, aber auch das ganze Jahr über. Ich bin dankbar für das tolle Team«, sage ich und sehe zu Josh. »Und für all die Helfer. Danke, dass ich hier so lieb aufgenommen wurde.

Ich würde sagen auf einen tollen Abend und eine tolle Weihnachtszeit, in der Wünsche wahr werden.«

Alle klatschen und ich umarme Franzi und meine Mama, auch Felix und den alten Herrn Berger.

Mit einem Mal tritt Josh zu mir heran und ich frage mich, was er vorhat.

Er nimmt das Mikrofon und lächelt.

»Ach und weil Wünsche wahr werden sollen, gibt es jetzt noch eine Überraschung für alle Kinder und alle, die daran glauben, und deswegen ...« Er deutet nach links und ich glaube, meinen Augen nicht zu trauen, denn mit einem Mal steht das Christkind da. Alle blicken zu ihr und die Kinder sind aufgeregt. Ein Raunen geht durch die Menge. Es ist wunderschön und die Kinderaugen glänzen.

Es tritt zu mir heran und sieht mich an.

Und dann erkenne ich auch, wer das Christkind ist. Die junge Frau. Oh Mann.

Das hat Josh also ausgeheckt.

Es lächelt mich an.

Dann wendet es sich den Menschen zu.

»Ihr Herren und Frauen, die ihr einst Kinder wart ...«, beginnt es und mein Herz klopft heftig.

»Na, hast du damit gerechnet«, sagt meine Mama, als wir fast fertig sind. Sie will sich mit Felix auf den Weg machen.

»Das war so toll! Das echte Christkind ist zu dir gekommen, Mama«, sagt er und ich drücke ihn fest. Felix ist schon sehr müde, weswegen Mama ihn mitnimmt.

Franzi verabschiedet sich ebenfalls, kommt aber vorher zu mir her.

»Total süß von Josh, oder?«, fragt sie und ich nicke.

»Ja, aber er ist nicht mehr dageblieben. Sicherlich ist er trotzdem noch sauer auf mich.« Sie sieht mich an. »Ich weiß nicht, vielleicht hofft er einfach, dass du auf ihn zugehst?«

»Aber ich bin doch *immer* auf ihn zugegangen?«
»Na ja, eher weggelaufen, oder?«
Ich zucke mit den Schultern. »Ja, kann sein.«
»Na, dann weißt du doch, was du zu tun hast.«

KAPITEL 26

Alles hat seinen Sinn

Josh? Bist du da?« Ich klopfe an seine Tür und hoffe wirklich, dass er mir aufmacht. Wobei, vielleicht ist er gar nicht da? Ich atme tief durch, blicke durch das Fenster, aber da er die Vorhänge zugezogen hat, kann ich nichts sehen.

»Josh?«, rufe ich erneut, aber es regt sich nichts.

»Oh Mann«, murmle ich und muss wohl einsehen, dass er keine Lust hat, mit mir zu reden. Offensichtlich. Hätte auch klappen können, aber hat es eben nicht. Ich hebe den Kopf und sehe zum Himmel. Dort sehe ich den Stern. Er leuchtet ziemlich hell und ich seufze.

»Hast du eigentlich ganz gut gemacht mit den Wünschen«, sage ich und lächle, weil es albern ist, aber dennoch.

»Na ja, also die Sache mit ihm … die ist auch nicht schlecht und ehrlich gesagt habe ich es vermasselt. Weil ich mich ziemlich blöd verhalten habe. Und ich weiß, ich sollte dich darum nicht bitten, aber falls du das doch irgendwie hinbekommst?« Ich sehe weiter nach oben, als ich meinen Augen kaum traue, denn in diesem Moment funkelt der Stern einmal auf. So als wollte er mir zuzwinkern.

»War das jetzt ein Ja?«, frage ich, als ich eine Stimme höre; eine die mir ziemlich bekannt ist mittlerweile.

»Was meinst du?« Ich wende mich um und sehe, dass es Josh ist. »Ein Ja zu den Wünschen, zu mir, zu einer Entschuldigung an mich?«

Ich schlucke. Seine Augen ruhen intensiv auf meinen. »Zu allem?«

Er nickt, »Zu allem, allem?«

Ich lächle. »Ja, irgendwie schon. Wenn es okay ist? Und ich will noch mehr sagen. Danke zum Beispiel. Und, Josh, hör mal. Es tut mir leid, ich bin so ein Esel. Wie ich mich benommen habe. Dass ich nicht einfach mit dir geredet habe. Dabei hast du mir nur gutgetan. Schon seit der ersten Begegnung. Ich meine, du hast immerhin das Leben meines Kindes gerettet, was ich sowieso niemals wiedergutmachen kann. Und dann die Sache mit dem Orgasmus – oh nein, jetzt habe ich es schon wieder gesagt, aber gut. Und dann die Unterstützung. Ich hingegen habe es nicht mal geschafft, mit dir darüber zu reden, was ich wirklich will. Aber irgendwie war da auch immer wieder die Frau bei dir …«

»Das Christkind«, sagt er und ich nicke.

»Ja, ich meine, wer kann das ahnen? Ich dachte einfach, ihr beide …«

»Sie ist meine Nichte«, sagt er nun.

»Deine Nichte?«

»Ja, meine Schwester hat sie schon sehr früh bekommen und ich war immer für sie da. Das ist alles. Und weil Kira in Nürnberg wohnt, kann sie auch schneller zu mir kommen oder ich zu ihr.«

»Ja, das leuchtet ein.«

Er nickt. »Ja, oder? Und als wir uns am ersten Tag in Nürnberg begegnet sind, da war ich nur da, weil mein Onkel mal wieder Mist gebaut hat. Er hat sich als Weihnachtsmann verkleidet und wollte Stunk machen.« Ah, der betrunkene Weihnachtsmann.

»Ich habe ihn gesehen.«

Er hebt eine Braue. »Ja?«

»Ja, habe ich.«

Er grinst. »Na siehst du? Alles hat uns zusammengebracht.«

»Würde ich schön finden diesen Gedanken, also wir zusammen?«

»Finde ich auch schön«, sagt er und dann haben wir genug geredet. Josh kommt näher zu mir heran und dann küsst er mich.

Und sein Kuss schmeckt so gut – nach Zucker und Schokolade und Zitrone.

»Mmmm, ich mag es, wenn wir uns küssen«, flüstere ich gegen seinen Mund.

»Ich mag es auch.«

»Dann versuchen wir es jetzt?«

»Das wäre schön.« Jetzt bin ich es, die sich nach vorne beugt und seine Lippen erneut mit meinen versiegelt.

»Du bist wirklich chaotisch, Lene, aber ich will genau das.« Unsere Blicke haften aufeinander. Nichts ist mehr zwischen uns und mein Herz schlägt wild in meiner Brust, hämmert fest gegen meine Rippen. Und dann fällt plötzlich eine Schneeflocke vom Himmel. Erst eine, zwei und dann immer mehr.

»Das gibt's nicht! Ist das schön!«

»Ja, fast zu schön. Ziemlich kitschig ehrlich gesagt«, meint er.

Ich lache. »Lass uns reingehen, ich will noch mehr Kitsch«, sage ich und ziehe Josh mit mir.

Wir sind uns so nah, dass sich unsere Nasenspitzen berühren. Meine Lippen prickeln und suchen seine. Ganz langsam schließe ich die Augen, will in diesem zärtlichen Moment verweilen. Meine Finger wandern über seine starken Arme, streicheln ganz leicht seine Haut.

Als ich seine Zunge an meiner spüre, explodiert mein Herz und zerspringt in winzige Stücke. Ich schlinge die Arme um seinen Nacken und die Beine um seine Hüften. Wir küssen uns weiter voller Leidenschaft, die so heiß lodert wie das Feuer im Kamin.

Eine ganze Weile verharren wir in dieser Zärtlichkeit, bis er die Decke von mir nimmt und mich auf den Rücken legt. Er schiebt sich auf mich und schickt brennende Küsse meinen Hals entlang. Seine Hände malen zarte Berührungen auf meine Haut, Schneeflocken tanzen in meinem Bauch, und ich seufze tief, als seine Lippen weiter zu meinen Brüsten wandern. Zärtlich umkreist seine Zunge meine Brustwarzen und ein heftiges Ziehen macht sich in meinem ganzen Körper breit.

Seine Hände sind jetzt überall, streicheln sanft über meine Haut. Alles in mir sehnt sich nach ihm. In meinem Unterbauch zuckt bereits ein kleines Feuerwerk und ich kann es nicht mehr erwarten. Ich will ihn, ich will ihn ganz, also schiebe ich seine Boxershorts von ihm herunter, damit unsere nackten Körper endlich zusammenfinden.

Ganz leicht hebe ich die Hüften an, und seine Zunge gleitet über meinen Hals, während er sich zwischen meine Beine schiebt. Die Hitze macht die Luft brennend heiß.

Ich drücke ihm mein Becken entgegen, schmecke seinen Kuss, und dann spüre ich ihn endlich in mir. Erst ganz vorsichtig, dann immer stärker, bis wir komplett miteinander verschmolzen sind.

Seine Finger verhaken sich mit meinen, wir bewegen uns in einem gemeinsamen Rhythmus, und ich fühle seine ganze Kraft und Liebe. Körper, die eins sind.

Ich schmiege mein Gesicht an seines, ziehe ihn noch näher zu mir heran und verliere mich.

KAPITEL 27

Magie der Wünsche und ein schönes Ende

Wusste ich es doch, dass da was zwischen euch läuft. Aber na meinetwegen«, sagt meine Mama und mein Herz zieht sich zusammen.

Das darf ja jetzt wohl nicht wahr sein! Was macht sie denn hier?

»Mama!«, rufe ich, ziehe die Decke nach oben und sie lacht.

»Ich wollte ja eigentlich mit dir anstoßen! Aber … na ja, was soll ich sagen?«

Josh, der neben mir im Bett liegt, sieht mich an und lacht.

»Können wir das vielleicht später machen, Mama? Du siehst, ich …«

»Ja, ich sehe sehr gut. Na meinetwegen. Sag Bescheid, ja? Und wehe, du brichst ihr das Herz! Dann breche ich dir alle Knochen, mein Lieber.«

Ich lache und auch Josh grinst meine Mama an.

»Zu Befehl!«

Sie nickt und wendet sich dann ab und wir liegen noch weiter im Bett.

»Das wird oft so sein. Hier ist es nie ruhig«, sage ich und er lacht.

»Ach, ich bin einiges gewohnt. Ich bin bereit. Also, was machen wir heute noch?«, will er wissen und ich lächle ihn an.

»Nun, heute ist der Laden zu und es hat geschneit … Wir könnten Felix einpacken und den Schlitten einweihen?«, schlägt er vor und ich lächle.

»Das klingt schön.«

»Na, dann raus aus den Federn!«

»So, jetzt gut festhalten und dann geht es den Berg runter. Bist du bereit, Felix?«, fragt Josh und Felix sieht ihn grinsend an.

Die beiden zusammen auf dem Schlitten zu sehen, erwärmt mein Herz. Felix so glücklich zu sehen, ist einfach schön.

»Ja, los geht's«, ruft er, sieht zu mir und ich lächle. Der Schnee ist liegen geblieben und nun gemeinsam auf dem Schlittenberg zu stehen, auf dem ich als Kind auch so viel Spaß hatte, tut gut. Franzi lacht. Sie sitzt mit Nika auf dem Schlitten.

»Also, auf die Plätze … Fertig … Los! Wer zuerst unten ist!«

Und dann fahren die beiden los.

Felix kreischt vor Freude und ich sehe zu, wie sie durch den Schnee gleiten.

Als die beiden unten sind, wechseln wir uns ab und ich muss sagen, der Tag ist einfach nur schön. Niemals hätte ich damit gerechnet, dass sich in meinem Leben so vieles ändern würde – und das zum Positiven.

Als wir wieder zurück sind, wärmen wir uns mit heißer Schokolade, Tee und Plätzchen auf.

Felix will mehr über das Christkind wissen und woher Josh es kennt, und die Kinderaugen leuchten, als Josh sich eine spektakuläre Geschichte ausdenkt. Angeblich hat er das Christkind mal bei einem Einsatz in Sachen Geschenken unterstützt. Wir verbringen noch den ganzen Tag zusammen und es ist lange dunkel, als Franzi und Nika gehen.

Irgendwann geht Felix zu Josh und flüstert ihm etwas ins Ohr. Ich sehe die beiden an.

»Hey! Ich will auch wissen, was ihr redet«, rufe ich und Felix lacht.

»Du musst nicht alles wissen, Mama.«

Ich verziehe das Gesicht, schenke ihm dann aber ein Lächeln. »Na gut, dann eben nicht«, sage ich gespielt trotzig und Felix lacht.

»Jetzt ist Mama beleidigt.«

Josh nickt. »Ja, aber muss sie ja nicht sein.«

Felix schüttelt den Kopf. »Bleibst du heute?«, fragt Felix und ich sehe Josh an.

Er lächelt.

»Das müssen wir Mama fragen.«

Ich beiße mir auf die Lippen. »Also, wenn du magst.«

Felix freut sich. »Super! Liest du mir dann eine Geschichte vor?«, fragt er Josh und der nickt.

»Das kann ich gern machen …«

»Toll! Dann gehe ich Zähne putzen.«

Ich lache, als er die Treppe nach oben springt, und sehe dann zu Josh. »Danke. War richtig schön heute. Und er mag dich.«

»Ich mag ihn auch und …« Er tritt zu mir heran. »Ich mag dich, Lene.«

Mein Herz schlägt schon wieder tausend Purzelbäume.

Als Felix im Bett liegt, setzen wir uns zu ihm ans Bett.

»Also dann erzähl mal«, fordert er Josh auf.

»Also gut. Es war einmal eine junge Prinzessin, eine etwas chaotische …«, sagt er und sieht kurz zu mir. »Nun, sie hatte einiges in ihrem Leben zu tun und sie hat vergessen, dass es Wünsche gibt, die wahr werden können. Bis sie auf die Idee kam, die Wünsche, die ihr im Herzen brannten auf Zettel zu schreiben und an einen Stern zu schicken, um ihre Bestellungen aufzugeben, denn weiß du was, Felix?«

»Was denn?«

»Vielleicht liegt die Magie der Wünsche in erster Linie darin, dass man sie ausspricht. Nur so werden sie real und greifbar und können dann auch wahr werden.«

»Das stimmt.« Felix schließt die Augen, lauscht ihm und mein Herz fühlt sich warm an. Ja, sehr warm.

»Franzi? Alles gut bei dir?« Ich habe beschlossen, sie kurz anzurufen, während die beiden Jungs oben sind. Ich stehe auf der Terrasse und sehe zu dem Stern.

»Ja, alles gut, Kai ist gerade bei mir«, sagt sie und ich lächle.

»Das freut mich. Josh ist oben mit Felix und er erzählt ihm eine Geschichte.«

»Das ist süß«, und ich nicke vor mir her.

»Total. Ich muss dir auch Danke sagen, für alles und dass du mich aufgefordert hast, die Wünsche zum Stern zu senden, auch wenn ich das nicht wollte.«

»Ja, der Stern hat wirklich gute Arbeit geleistet«, sagt sie und ich betrachte ihn einen Moment.

»Nur das mit dem Hasen ging nicht in Erfüllung, aber ja, das war auch etwas übertrieben.«

Sie kichert.

»Dann sind wir mal gespannt, was in Zukunft auf uns wartet. Gerade bin ich ziemlich glücklich«, sagt sie und ich lächle.

»Ja, ich auch. Ich bin froh, dich zu haben.«

»Ich bin auch froh, dich zu haben«, sage ich und schließlich legen wir auf. Als ich so dastehe und zum Stern blicke, wird mein Herz warm.

»Danke«, flüstere ich ihm entgegen und er leuchtet sanft, als Josh hinter mich tritt.

»Na, wieder am Wünsche verteilen?«, will er wissen, aber ich schüttle den Kopf.

»Erst mal ist alles gut«, ich drehe mich zu ihm herum.

»Und was hat dir Felix noch gesagt?«, frage ich ihn.

Er lächelt. »Dass er sich gewünscht hat, dass du so viel lachst und glücklich bist und dass das Christkind den Wunsch wohl wirklich erfüllt hat oder der Stern«, sagt er und ich schlucke.

»Wie süß! Das hat er gesagt?«

»Ja.« Er umschließt mein Gesicht mit den Händen. »Soll ich dir was sagen? Ich bin echt froh, dass ihr in mein Leben gestolpert seid. Denn das habe *ich* mir gewünscht. Eine Frau, die mein Herz berührt.« Zärtlich ruht sein Blick auf mir.

»Ich bin auch sehr froh«, sage ich und er grinst.

»Ich meine, ich habe endlich guten Sex.«

Er pikst mich in die Seite.

»Spaß!«

»Wie jetzt?«

»Du weißt, was ich meine.«

Er nickt.

»Ach, da fällt mir noch was ein! Der alte Herr Berger meinte, ich soll da noch was aufmachen, aber erst nach der Eröffnung des Ladens. Wie konnte ich das nur vergessen? Er war bei mir in der Nacht vor der Eröffnung.«

Ich löse mich von Josh und öffne die Schublade, in der ich das kleine Geschenk verstaut habe.

Als ich es betrachte, klopft mein Herz.

»Na dann, mach es auf«, sagt Josh und ich nicke.

Langsam öffne ich das Papier und muss lächeln.

»Das gibt es ja nicht! Weißt du, was das ist? Das ist ja das alte Rezeptbuch von Friedl«, sage ich und sehe ihn an.

»Ehrlich?«

Ich nicke und sofort durchströmen mich die Erinnerungen. Wie oft habe ich ihr dabei zugesehen? Das gibt's ja nicht. Deswegen auch der Traum. Das war ich. Zusammen mit ihr.

Ich halte da also einfach mal die Rezepte von Friedl in der Hand und das ist schon irgendwie faszinierend. Der Mensch ist nicht mehr da, aber das, was sie getan hat, hat sie hinterlassen. Oder was sie gebacken hat. Eine kleine Tür zu einer geheimen Welt.

Ich mustere es einen Moment. Der samtige, rote Einband. Die zerfledderten Zettel. Ausschnitte aus Zeitungen, die sichtbar an der Seite hervorlugen.

Dass es jetzt hier ist, wundert mich. Dennoch bin ich dankbar, dass es so ist.

Noch mehr, als ich daneben eine Zeichnung entdecke: ein kleiner Laden. Und mir fällt ein, wie sie mir oftmals davon erzählt hat.

Irgendwann.

Nun lese ich und mir wird das Herz schwer. Friedl hatte wohl auch größere Träume, konnte sie sich aber nie erfüllen.

»Essen hat etwas mit Wünschen zu tun, mit Sehnsüchten, die im Herzen schlummern. Wer das erkennt, kommt auf den richtigen Weg.«

Was für ein schönes Zitat. Und ja, auch im Traum habe ich es gehört. Verrückt.

Und dann entdecke ich noch etwas, was mich ergreift.

Ein Brief von mir.

Der Wunsch, ein Café zu eröffnen. Sofort erinnere ich mich wieder daran, als ich damals mit ihr Träume gesponnen habe. Damals, als sie diesen kleinen Kurs angeboten hat und ich noch ein unbedarftes, kleines Mädchen war. Ich seufze.

»Aber woher hat der alte Berger das Buch?«, frage ich mich, doch die Frage erübrigt sich, denn als ich weiter blättere, sehe ich ein Bild von einem jungen Paar.

»Die beiden waren wohl zusammen?«, frage ich und atme tief durch.

»Wahrscheinlich«, sagt Josh.

Ich lächle.

»So schön. Wenn ich ihn sehe, muss ich ihn fest drücken.«

Er nickt. »Ja, das ist eine gute Idee.«

Wenn ich so daran denke, wie mein Leben noch vor einigen Monaten war, kann ich es gar nicht mehr glauben. Ich habe den Stern wohl unterschätzt, die Weihnachtszeit oder vielleicht auch mich selbst. Denn ja, Wünsche, werden am Ende wahr, wenn man an sich glaubt. Und wenn man seine Wünsche auch verfolgt. Vermutlich ist es wirklich so. Die Magie der Wünsche liegt wohl darin, sich ihnen bewusst zu werden. Denn nur so werden sie real und greifbar.

Ende – und doch erst der Anfang …

Ihr Lieben,

ich wünsche euch von Herzen eine schöne Weihnachtszeit. Mögen sich alle eure Wünsche erfüllen. Glaubt an die kleinen Wunder und öffnet eure Herzen dafür. Genießt die Zeit mit euren Lieben und lasst einfach mal die Seele baumeln. Wir haben viel zu selten noch Ruhe und Entspannung. Also beschenkt euch selbst damit.

Danke für ein tolles Jahr! Auf ein Neues!

Eure Michelle

Ein Dankeschön und Gratisgeschenk

Melde dich auf meiner Website michelleschrenk.de für den Newsletter an und verpasse in Zukunft keine Neuigkeiten mehr. Als Dank für deine Treue bekommst du dort kostenlose Bücher und Bonuskapitel.

***

Meine liebe Leserin, mein lieber Leser,

an dieser Stelle möchte ich dir vielmals danken, dass du dieses Buch gelesen hast und meine Bücher liebst. Ich hoffe, dir hat diese Geschichte Freude bereitet. Vielleicht hat sie dein Herz berührt, und ich konnte dich für kurze Zeit aus dem Alltag entführen. Es ist einfach wundervoll, dass du mich auf dieser Reise begleitest. Ich liebe den Austausch mit euch allen, egal auf welchem Weg. Schreibe mir also immer gern. Falls du mir mal zufällig irgendwo begegnen solltest, kannst du mich natürlich auch jederzeit ansprechen.

Wenn dir diese Geschichte gefallen hat, dann lass es mich doch bitte wissen. Schreibe mir gern eine Rezension bei Amazon, denn das ist ganz wichtig für uns Autoren. Besuche mich auf Facebook und Instagram oder folge mir auf Amazon. Werde einer meiner

Insider auf WhatsApp, dort gibt es immer ganz besondere News. Ich lasse dich an Coverabstimmungen teilhaben, oder wir plaudern einfach ein wenig. Hinterlasse ein Däumchen oder einen Kommentar, wie und wo auch immer. Ich freue mich über jede Rückmeldung.

Ganz lieben Dank! Deine Michelle

Im Anschluss findest du weitere Bücher von mir, die ich dir ebenfalls ans Herz legen möchte.

Mehr über meine Bücher auch auf meiner Website michelleschrenk.de.

LEBKUCHEN, LIEBE UND SONSTIGES CHAOS

Wenn ein pieselndes Reh einen Wunsch entfacht, kann es doch nur chaotisch werden, oder?

Lele Sternhagel macht beim Besuch des Christkindlesmarkts ihrem Namen alle Ehre. Aber sie hat auch allen Grund dazu, denn sie wurde in der ach so besinnlichen Zeit mal wieder abserviert. Von wegen in der Winterzeit werden Wünsche wahr. Da stellt sich die Frage: Ist der Weihnachtsstern, der angeblich Wünsche wahrmacht, ein Glücksbringer oder eher ein Unglücksstern? Lele bringt er jedenfalls dazu, von pieselnden Rehen zu singen und dann auch noch die Schaufensterscheibe eines Cafés zu beschmieren, worüber dessen Besitzer Nikolai, ein heißer Lebkuchenbäcker, natürlich alles andere als begeistert ist.

Als die beiden sich unerwartet wiedersehen, schlägt er Lele einen Deal vor: Sie soll in seiner Lebkuchenwerkstatt aushelfen und damit ihre Untat abarbeiten. Na toll. Nicht gerade die beste Option, um dem Weihnachtstrubel zu entfliehen – zumal Lele keine Lust auf erneuten Herzschmerz hat und Nikolais Küsse schon ziemlich verführerisch schmecken …

WEIHNACHTSWÜNSCHE UND ANDERE KATASTROPHEN

Wenn du deinen Freund mit dem Christkind im Bett erwischst, sind das nicht gerade die besten Voraussetzungen für eine fröhliche Weihnachtszeit ...

Marie ist sich sicher, die große Liebe gefunden zu haben. Das ändert sich allerdings, als sie wegen dem Nürnberger Christkind von ihrem Freund abserviert wird. Von Weihnachten und der Liebe hat sie erst mal die Nase voll. Perfekt, dass sie gerade jetzt den Auftrag erhält, in einem abgelegenen Bergdorf die Biografie des geheimnisvollen Herrn Klaus aufzuschreiben. Sie packt die Gelegenheit beim Schopf, um dem Weihnachtstrubel und vor allem ihrem Liebeskummer zu entfliehen. Doch statt einsamer Ruhe und Erholung wartet das Chaos auf sie, denn in der Hütte nebenan wohnt Niklas - unverschämt heiß und ziemlich verführerisch. Marie muss feststellen: Nur weil man sich vornimmt, sich nicht zu verlieben, muss das noch lange nicht klappen.

Ein wundervoller weihnachtlicher Kurzroman zum Schmunzeln, Wünschen und Wegträumen.

UNTERM WEIHNACHTSBAUM KÜSST SICHS BESSER

Michelle Schrenk / Anna Winter

Stell dir vor, du wettest gegen Weihnachten …

Auf Jule Engel liegt ein Weihnachtsfluch. Davon ist sie jedenfalls überzeugt. Seit einem Vorfall in der Vergangenheit geht in ihrem Leben nämlich in der vermeintlich schönsten Zeit des Jahres immer alles schief.

Doch wie es das Schicksal will, trifft Jule ausgerechnet auf einer Weihnachtsfeier den smarten Lucian, der, als Weihnachtsmann verkleidet, genau all das verkörpert, was sie nicht ausstehen kann. Er wettet mit Jule, sie davon überzeugen zu können, dass Weihnachten die beste Zeit des Jahres sei. Jule ist siegessicher, denn gegen einen Fluch wie ihren ist selbst ein kostümierter Weihnachtmann machtlos. Aber da hat sie ihre Rechnung ohne die Liebe gemacht …

»Unterm Weihnachtsbaum küsst sichs besser« ist der neue Roman der beiden Erfolgsautorinnen Anna Winter und Michelle Schrenk. Lassen auch Sie sich von Weihnachten verzaubern.

CAFÉ MIT SYLT UND ZUCKER

Meeresrauschen, Sand zwischen den Zehen, eine Prise Seeluft und jede Menge Herzklopfen... Verliebe dich auf Sylt, verliebe dich in das Café mit Sylt und Zucker.

EINE REIHE FÜRS HERZ!

Mit Büchern kann man wunderbar auf Reisen gehen. Genau das liebe ich auch am Schreiben. Dabei geht es nicht nur um die Reisen zu anderen Orten, sondern auch darum, in andere Leben einzutauchen und sich vielleicht sogar wiederzufinden. Den Alltag vergessen, sich wohlfühlen, sich wegträumen, das Herz spüren und sich vielleicht in einigen Gedanken wiederfinden - genau das möchte ich mit meinen Geschichten ermöglichen. Denn mal ehrlich, brauchen wir nicht alle diesen Zuckerguss fürs Herz?